文春文庫

いいんだか悪いんだか

林　真理子

文藝春秋

いいんだか悪いんだか◉目次

いいんだか悪いんだか

初出　「週刊文春」二〇〇九年一月〜十二月
単行本　二〇一〇年四月　文藝春秋刊

京都の品格

年末進行で忙しい師走は、お芝居がうんと充実する時である。

京都は顔見世に行ってきた。わざわざこのためにだけ行ったのではない。京都で源氏千年紀を締めくくるフォーラムが行なわれることになった。そのシンポジウムに出席するためである。

基調講演は「王朝のキャリアウーマンたち」ということで坂東眞理子先生がお話しになった。言うまでもなく『女性の品格』が大ベストセラーになった方だ。だから「王朝の」と名づけられていても、きっとご自分のご著書にひき寄せてお話しになると思ったらとんでもない。

「私は少女時代から、古典が大好きで大好きで、今日そのお話が出来るのが嬉しくてたまりません」

ということで、平安の后や女流作家の名がよどみなく出てくるのである。メモもほとんどご覧にならず、年代や人名、引用する歌まで完璧だ。何よりも古典が本当にお好き、という気持ちがひしひしと伝わってくる。

「学者でも王朝文学をあんなにきちんと把握している方は珍しいですよ」

私の源氏の指南役、京都学園大学教授の山本淳子先生も感心していらした。東大卒、官僚という経歴、『女性の品格』という本からして、坂東さんは私などとは全く縁遠い方だと思っていたが、お話を聞いているうちに、古典のみならず本が本当にお好きなんだなアとすっかり嬉しくなってしまったのである。

そして先生は、私たちシンポジウムの出席者全員に最近書かれたご本をくださった。少女の頃から愛して口ずさんでいらしたという、万葉、古今の秀歌を解説したものである。本当に教養ある方というのはこういうものかと、私、素直にまいりました。『女性の品格』、もう一度読み返しますわ。

そしてシンポジウムが終るやいなや、私と山本先生はすぐさま南座へ。今回の顔見世、源氏物語をテーマにした舞踊劇が演じられる。玉三郎が六条御息所を演じるそうで、

「山本先生とハヤシさん、ぜひ見てきてくださいよ」

私の「六条御息所　源氏がたり」を連載している出版社が、無理してチケットをとってくれたのである。

急いでタクシーをとばしたのであるが、年の瀬の京都の街はとても混んでいて、一幕目に二十分近く遅刻してしまった。こういう時、私のような体型の者は、席を通してもらうのがまことに申しわけない。

「すいません、すいません」

と小声で謝りながら、前を通った。南座の席というのは、歌舞伎座に比べると少々狭い。通り抜けるのは、かなり大変なのだ。左手に山本先生が座り、右手に中年女性が座っている。この方、とてもお金持ちそうだ。毛皮のコートが畳まれて膝の上に置いてある。床に置かれたバッグも高価なブランド品だ。しかし歌舞伎はあまりお好きではないらしい。私が前を通る時、舌うちをなさったが、後はずっと寝ておられた。かすかな寝息をたてて、とても気持ちよさそうなのであるが、困ったことにこの方、私と似たような体型なのである。寝ているうちに肘が、二人の国境線をしばしば越してくるのだ。

役者さんがすぐ傍の花道を通ると、この方も起きられる時もある。そういう時はよく見えるように体をうんと斜めにするので、私も斜めにしなくてはならない。隣りに座る、小柄な山本先生にはお気の毒であった。

三幕目、海老蔵と玉三郎の紅葉狩、仁左衛門が山神という、顔見世ならではの豪華さである。私たちと同じ列には舞妓ちゃんや芸妓さんも並んでいて、本当に京都らしい華やかさだ。やがて踊りも佳境に入った頃、ピピピーッという携帯の音がお隣で高らかに鳴った。劇場内で時々聞くが、隣りの人が鳴らしたのは初めてであった。こちらの方が心臓が破裂しそう。

が、眠っていたはずの中年女性は、そう慌てる風でもなく、バッグから携帯を探し出し電源を切った。そして何ごともなかったかのようにまた舞台に見入る。どこか大物の風情なのだがふうーん、よくわからん。傍若無人になれるくらいのお金持ちなのだろうか。

そして最後の源氏物語の舞踊劇が終ったのは、九時四十五分。最終の新幹線には到底間に合わない時間だ。それどころかあたりの店もみんなシャッターをおろしている。

私は山本先生を誘って、ホテルのバーへ行った。まずは生ビールで喉をしめらし、源氏物語の話をする。

おととい、山本先生がチェックしてくださった私の原稿が戻ってきた。その中にこんな一行があった。

「源氏が夕顔のところを訪ねる時、覆面をしていたというのは、昭和までの説です。平成に入ってからは、源氏は単に顔を見せないようにしていたという説の方が有力です」

私が読んだ注釈のほとんどは覆面説なのであるが、今はあまり採用されていないとのこと。えらそうであるが、源氏を読む楽しさはここにある。科学や医学の分野のように、日々新しいことが発見され、それが定説になったり、採用されなかったりするのである。

「先生、私は夕顔という女性、どうしても好きになれません。あなたは誰？　どこから来たの？　とあどけない風を装っていて、そのくせ源氏のあとを尾行してるんですよ。ちゃんとしっかりしてるところはしっかりしてるんですよ。こういう女、今もよくいますよね」

「夕顔の娼婦性は昔から言われていますが、彼女は相当教養ありますよ。最初に夕顔の花を差し出した扇に書いた、あの歌もちゃんと古今の歌をなぞっているんです」

などという先生のレクチャーを、お酒をいただきながら聞くのは本当に楽しい。まだお若く、可憐で愛らしい山本先生は、たぶん王朝美人もこのような人だったのだろうと思わせる。本当に京都は才女、佳人が多いところだ。こっちでシンポジウムをすると、東京モンの私は圧倒されてしまう。ちなみに南座で会った女性は標準語をお話しであった。

ふくよかな時代

あけましておめでとうございます。

どうか今年もよろしくお願いいたします。

という、この挨拶を繰り返して二十五年、いつもはこれを言うのはあたり前だと思っていたが今年は違う。ちゃんと仕事があって、それを続けていける幸運をしみじみと味わう私である。

このところ暗いニュースばかり続いていて、気の弱い私はもう胸のつぶれるようなことばかり。

「今日は寒いな。たまにはフグでも食べに行こうかなァ」

と心に決めて、朝ニュースをつけると仕事も家もなく、寒空にほうり出された人々が画面に映し出される。そうすると、家で寄せ鍋ということになってしまう。

先日は大好物のフカヒレを食べに行こうとタクシーに乗ったところ、運転手さんのぼやくこと、ぼやくこと……。

「こんな不景気じゃ、とてもやってけませんよ。もう別の仕事をやりたいんですが、他にあるわけもなし」

なんていう話を聞かされると、とてもフカヒレの気分ではなくなる。

このように、まだそう困窮していない者まで、お金を遣わせない気分にするマスコミがいけない、という意見はとても多い。とはいうものの、この「お金を遣っちゃダメ」という空気は、日本中、いや世界中に蔓延していてしばらくは晴れそうもない……。

いけない、いけない、いけない。二〇〇九年初めての原稿だというのに、こんな暗いことを書いていてはいけない。私のまわりの明るい話題といえば、今度仲間うちでミュージカルをすることがあげられよう。まだちゃんと決定していないので詳しいことは申し上げられないのであるが、この暗いご時世をパーッとふきとばすような面白いことをしようと思いたったのである。

「ハヤシさん、ちゃんとタップダンスを習ってよね。秋までにはばっちり踊れるようになろうね」

と約束させられた。ご存知のように、私は芝居好きのやりたい好き。他に何の取り柄もないが、学園祭ではいつも花形女優としてお芝居に出ていた。大人になってからは遠藤周作先生から誘われ、素人《しろうと》劇団「樹座《きざ》」に参加したこともある。最後には演出もやらせていただき、あの時は楽しかったなあ。今から二十年前のことである。この樹座は遠藤先生の関係で、本職のものすごい方たちが指導してくださっていた。それも無報酬で。たとえば音楽監督は黛《まゆずみ》敏郎さん、バレエ指導は森下洋子さんという具合である。演出は代々人気の女優さんがなさり、私が出たカルメンの時は、なんと松坂慶子さんであった。あの頃の松坂さんの美しさといったらもう、後光がさしているようだったと今でもはっきり思い出すことが出来る。

このページでも一回ネタに使ったことがあり気がひけるのであるが、とてつもなく愉快なエピソードがあった。樹座の役者というのは、オーディションに応募してきた一般の人々である。サラリーマンあり、引退したおじさんあり、主婦あり、ＯＬありと、とにかく一度でもスポットライトにあたりたいという、ごく普通の人々である。その人たちに松坂さんは、実に丁寧に演技指導をしてくださった。天下の美女が手とり足とり教えてくれるのだから、さぞかしみんな喜びと共に緊張していたことだろう。カルメン役の私と、ドン・ホセ役の青年とのラブシーン。松坂さんは、まずこういう風にやってくださいねと、ご自分が演じてくださる。はらりと青年の胸に倒れ込むのだ。

「さ、次はハヤシさんがおやりになってね」

どさりと青年の胸に倒れていく私。この後私はひとりくっくっと笑い続けた。自分のことながらなんかコントのようではなかろうか。

あの松坂慶子を自分の胸に抱いた五秒後にハヤシマリコじゃ、この青年は混乱してしまうだろう。この落差というのは、この青年に何か悪い影響を与えやしないであろうかと、私はおかしがりながら、かなり心配していたのである。

あれから歳月は流れた。松坂さんは今やお母さま役もおやりになる。相変わらずお美しいけれど体型はかなり変わられた。しかし私は、昔の松坂さんよりも今の松坂さんの方がずっと好きだ。大女優の貫禄と共に、何ともいえない可愛らしさが出てきた。「篤姫」の幾島もとてもよかったけれど、私はソフトバンクのCMに出ている松坂さんがとても魅力的で大好き。

「少しお太りになられた？」

と、スナックのママに扮した松坂さんが言う。するとお父さん犬は、

「君に言われたくないな」

とものすごく憎らしい。すると松坂さんは、

「失礼しちゃう」

とふくれるのであるが、この顔がなんとも可愛くって色っぽいのだ。成熟した女の人の美しさがぷんぷんと漂ってくる。私はこういう時、ふくよかな女ってなんていいんだろうと思ってしまうのである。

ふくよかな、といえば、森公美子さんは顔もキュートで、コミック漫画のキャラクターみたいだ。このあいだダイエットのドキュメンタリー番組を延々と見てしまったが、どの顔も表情豊かでつい見入ってしまう。松坂さんにしても森さんにしても、本当に可愛くて素敵。見る者の心を豊かにしてくれるではないか。自画自賛といわれてもいい。

「そうだ、今年はふくよかな女が脚光を浴びるに違いない。こんな時代だから、ギスギスしてる女は流行らないのだ」

ふくよかな、といえば、わが業界でいちばん人気は新潮社のナカセさん。テレビにもひっぱりだこで、男の人にモテモテである。私は彼女にさっそく電話をかけた。

「今度、秋元康さんの演出でミュージカルをやるのよ。ナカセさんも絶対に出てね。もうひとり似た体型集めて、スリー・ディグリーズしようね。今年は私たちの時代なんだから」

……

クラス会

毎年正月二日は、いつも山梨の実家へ帰る私。途中のサービスエリアで売店をふらふらしていると、派手な看板があった。

おみくじ替わりにと、生まれて初めてスクラッチなるものを買った。二百円券を五枚手にし、ちょっと恥ずかしいがその場で爪を立てて削る。すると五枚のうちなんと三枚があたっていた。一万二千百円なり！

「おめでとうございます」

売店の女性にも言われ、すっかり舞い上がってしまった。

「わーい、あたったよー、あたったよー。一万円だよー」

と踊り出し、みっともないと夫にたしなめられた。が、この嬉しさはどう言ったらいいのだろうか。今年は暗いことばかりと思っていたが、なにかいいことが起こりそうだ。

なにしろ年の始め、生まれて初めてのスクラッチで一万円あたったのだ。私はそのお金を財布に入れず、封筒に大切にしまった。

そして何かいいことが起こったかといえば、四日のことである。三十五年ぶりに高校のクラス会が行なわれた。ほぼ卒業以来である。みんないい年のおじさん、おばさんになったが、あまり変わらない人がほとんどだ。顔から皺やたるみをとると、暗号のように、少年少女の顔がうかびあがる。そして私は気づいた。年をとっても声というのはほとんど変わっていない。声を聞くとすぐに誰とあてられる。ちょびちょび(訳おっちょこちょい)だったコの声は大人になってもちょびちょびしている。だっちもねえ(訳くだらない)ことを連発していた男の子は、おっさんになっても酒の席でだっちもねえことばっかのかん高い声だ。

クラス会といっても、地元に残っている者たちは無尽(山梨ではとても盛ん)で、しょっちゅう会っているらしい。みんな本当に仲がいい。お酒に酔ったそのうちのひとりが、かつてのクラス一の美少女に向かい、

「お前《まん》、昔は綺麗だったよなー」

と非常に失礼なことを口にした。〝は〟という助詞が心中を表しているではないか。

「あんたたち、何ていうこと言うのよッ」

と私が叫んだところ、別の一人が、

「ハヤシは昔そうでもなかったけど、今は結構いけてるじゃん」

と、まことに有難いお言葉。おしゃれしてきた甲斐があった。

「東京でなんかおごってあげる」

と本気で言ったが、まさかこれが「今年のいいこと」じゃないはず。

朝の十一時から始まったクラス会は、スナックのカラオケへと流れ、終わったのは午後の六時だ。なんと七時間飲み続けたことになる。こういう時、みんなを送っていくのはクラス委員長のサトウ君だ。過去に彼はお酒が過ぎていろんなことがあったが、二年前の病気をきっかけに今は一滴も飲まない。自分はウーロン茶だけで、酔っぱらいのぐだぐだにつき合うなんて、ちょっと出来ないことだ。東京人と違い、田舎のお酒はだらだら続く。みんな正体なく飲んで、もう一軒、もう一軒ということになっていく。

「あんた、すごいよ。人格者だよ。前からいい人だと思ってたけど、もうサイコーだよ」

酔って背中をどんと叩いても、

「そうずら。オレは人格者ずら」

とニコニコしている。私は心から言った。

「サトウ君。また東京に遊びに来てね。おいしいもの食べに行こうね。その時はうちに泊まってね」

故郷に帰るたびに思うのであるが、東京の者は田舎の人に甘えすぎる。たまに帰ってくると自分の暇つぶしのために、旧い友人を呼び出して遊んでもらう。田舎の人はいつも暇だという、深い偏見を持っているに違いない。

田舎の友人のところでご馳走になったり、お土産の野菜をもらったりする。それでちゃんとリターン・バンケットをしているかというと、たいていの人がしていないだろう。東京に戻ると、すぐにせわしない生活に入り、正月休みや古い友人のことは忘れてしまうはずだ。

そしてお礼のメールにこう打つ。

「また帰ったら一緒に飲もうね」

そういうのって、とても失礼ではないか。私は田舎の友だちが東京に来た時は出来る限り時間をつくり、六本木ヒルズや赤坂サカスに案内する。たとえばサトウ君は中華が好きなので、有名店に案内したはず。私ってなんていい人だろうとひとり頷《うなず》いた時、ある女性がこう言った。

「ねえ、マリちゃん憶えてる？　マリちゃんがまだ独身の頃、原宿のマンションにA君とB君を連れてって泊まったんだよ」

私は全く憶えていないのだが、しこたま酔いつぶれた三人は、うちの居間のソファで寝たらしい。

「次の朝、マリちゃんはぷりぷりしてこう言ったの。もうあなたたちと東京で会うのも最後にしましょうねって」

「ウソー、私、そんなひどいこと言った憶えないよ」

「ううん、言ったよ。私たち憶えてるもの」

A君とは山梨に帰った時、今も時々会っている。だからそこで決裂したわけではないと思うのだが。

「人って、自分にとって都合の悪いことはすぐに忘れるもんよねー。だけど相手はよーく憶えてるのよね……」

私は深いため息をついた。そしてふと目をやると、かつてアイドルばりに可愛い顔をしていた○○君が。

「ねえ、ねえ、○○君、私、今思い出したんだけど、高一の時あなたとデイトしたのよね、オートバイの後ろに乗っけてもらってさ。どこかのコンサート行ったのよ。だけど私の体重の方が重くて途中で前輪が上がったのよ！」

「えー、全然憶えてない、憶えてない」

激しく手をふる彼。私の青春の一ページが、そこでかなり薄れたのである。そして今原稿を書いていると携帯が鳴った。サトウ君からだ。

「集合写真と、お前《まん》がカラオケしてる動画送るぞ」

そんなもんいらないと私は怒鳴った。

………

この病い

若い時から予感はあった。それは、

「自分はものすごいお節介おばさんになるだろう」

ということである。

人生を知りつくしたかのような、私の老母は言う。

「お金の世話はしても、人世話《ぜわ》は絶対にしないように」

そんなことはわかっている。が、このところ、人から頼まれごとをすることが急に多くなった。就職から病院の紹介、レストランの予約、

「どっかすごく当たる占いの人を教えて」

というのもある。

たいていの人がこういう時、

「ハヤシさんは顔が広いから」

と言うのであるが、デカ顔で単に知り合いが多いだけ。何の力があるわけでもない。

しかし、私のお節介というのはもはや病気の域に達しているようだ。先週のこと、某有名ブティックの閉店セールに行った。本当は行かなくてもいいのであるが、ブティック店員のA子さんに、ちゃんと挨拶をしなくてはいけないと思ったのだ。おかげで四割引きとはいえ、ものすごく高いブランドのジャケットを買ってしまった……。

それはともかく、このA子さんとは二十年来のつき合い。以前彼女は、私の買った洋服をひとつひとつポラロイド写真に撮り、それを着て雑誌に載った私の写真を綺麗にスクラップしてくれていたのである。そのうえ、下町に住む彼女は、私の大好物の店のドラ焼をよくプレゼントしてくれたものだ。あの頃大学を出たばかりの彼女も、二十年たってもはや四十代。独身である。

私は店の外まで送ってくれた彼女に言った。

「A子さん、どうするの。本社に行くの」

「いいえ、ハヤシさん、私、明日でリストラなんです。まさか私の身にこんなことが降りかかるとは」

「結婚の予定は」

「そんなもの、あるわけないじゃないですか」

外はみぞれまじりの雨になってきた。私も立ち去り難く、しばらく立ったままだ。

「私、ハタケヤマさんの後釜をずっと狙っていたんですけれど、どうでしょうか……」

「うーん、うちも秘書は二人もいらないしねえ」

私はケイタイを取り出した。

「じゃーさ、私の番号教えとくから、落ち着いたら連絡頂戴」

「わー、本当ですか。じゃ、私の番号を」

こうして初めてケイタイの番号を交換し合ったのである。その日以来、私は彼女の行末を何とかしなくてはと、あれこれ考えているのだ。

最近不景気のせいで、こういう例はかなり多い。その中で私の心が華やぎ、楽しい気分になるのは、やはり縁談を頼まれることであろうか。

「うちの孫を何とぞよろしくお願いします」

年賀状にこう書いてあったのは、以前取材で親しくさせていただいたある老婦人である。私がご自宅に出入りしていた時、中学生だった孫のお嬢さんは、もう三十過ぎているというから驚きだ。昨年おめにかかったら、とても美しいお嬢さんになっていた。

「うーん、あのお嬢さんに合うのは、どんな人なのかしら」

とあれこれ頭をめぐらすのも、中年女の楽しみのひとつ。

しかし困ったことは、

「娘をよろしく」

という人は多くても、

「息子をよろしく」

という人はめったにいないことだ。私が思うに、三十近くなった娘に危機感を持つ親は多いが、息子にはあまり持たないのではなかろうか。

先日もばったり会った友人に、

「娘がもういい年になるんだけど、どなたかいないかしら」

と言われ、単なる時候の挨拶と思ったところ、三日後釣書と写真が送られてきた。こういうものをいただくと、責任感がどっしりとおおいかぶさってくる。またこのお嬢さんが学歴といい、美貌といい、非のうちどころがない。果物屋さんに飾ってあるメロンのようなお嬢さんなのだ。

が、メロンのお嬢さんに合うマスカットのような男性はまわりに見あたらない。本当に困りきっていたら、食事会に金持ちの友人が、これまたお金持ちのお坊ちゃまを連れてきた。

「あなた独身？　決まった人いる？」

といきなり不躾《ぶしつけ》な質問をし、なんとか二人をひき合わせたのは年の暮れのこと。意気投合したかよく見極める間もなく、再びご依頼が。昔から仲のいい男友だちが、私にこんな告白をするのである。

「やっぱり結婚をした方がいいかな。この年になると家庭を持つのもいいかなあと思ってきたんだ」

「えー！」

とのけぞる私。彼はかなりハンサムな魅力的な男で、自分でもよくそのことを知り抜いている。恋愛三昧で今まできて、これからもそれを貫くと思っていたからだ。

「そうだよね。もうあんたの年じゃ、かなり不利になってるけど、今年来年中ならなんとか誤魔化せると思うよ」

「うるせえ」

そして私のお嫁さん探しが始まった。かなりクセのある男だから、案外ふつうの女性がいいのかも、いや、いや、それではもの足りないかもしれないと、彼との二十年にわたる交遊の中から、女性の好みを分析していく。そして毎日メールをうつ。

「えら張った顔、好きだっけ？」

「丸顔の方が好き」

「派手な美人、好きだよね。勝気そうなのも好みだよね」

「もちろん」

そして今月中に三人のお食事をセッティング。私は何回もこういうことをしたが、たいていがうまくいかない。お金も時間もたっぷりかかるが、もはや病気だから仕方ないだろう。いちばんの治療薬は、自分がドラマの主人公になることだが、もはやそんなことは起こらない。お節介はおばさんだけに起こる病いである。

………プロジェクト始動

私のブログ開設プロジェクトは、徐々に進んでいる。

今までもそういう話は幾つかあったが、全て人任せにし、しかも儲けようと思っていた私が間違っていた。最後に契約書を弁護士さんに読んでもらうと、

「すべての著作権はこちらに」

などと書いてあり、何だかよくわからない、がすごく不利なことになっていた。

よって今度のブログは、読者サービスと新刊イベント情報に徹することに決めた。それにかかる経費はこちら負担とする。毎月かなりの金額がかかるが覚悟しよう。ライターは、かねてより私の熱心な読者で、よく家に出入りしていたA子さんをスカウトした。彼女はさっそく、私より詳しい私の年譜をつくってくれた。そして全体的なプロデューサーはB子さん。彼女は編集プロダクションの社長で、非常に顔が広い。NTTとの交

渉もすべて手がけてくれたのだ。

B子さんから言われる。

「ハヤシさん、とにかく毎日写メールで写真を撮り、文章を書いて」

ブログが成功するかどうかの鍵は、どれだけこまめに更新するか、ということらしい。

「どんなことでもいいから、その日起こったことをすぐに文章にして送ってくださいね、そうそう、あの電車の話なんか最高ですよ」

それは四日前のことである。日曜日の朝、山梨に帰るために小田急線で新宿まで出た。ドアが開き、ホームを歩きかけた時だ。コーヒーの空き缶が一個ころがっているのを見た。

私は公衆道徳はまあ、きちんと守る方だと思うが、人のために何かすることはない。トイレットペーパーがしんだけになっていて、新しいものをセットしなくてはならない時、

「貧乏くじをひいた。どうして私の番で」

とむっとするタイプである。が、ホームにころがっている缶コーヒーに、やはり見て見ぬふりをすることは出来ない。これに足をすべらしたら大変な事故になってしまう。仕方なく拾った。そして片手に持って、いささか憂うつになる。ご存知のとおり最近セキュリティの問題で、駅からくず箱が消えている。どうして他人《ひと》さまの飲んだコーヒー

缶を、いつまでも持って歩かなくてはならないんだ。

その時である。スーツ姿のひとりの青年が私をじっと見つめていることに気づいた。それどころか立ち止まって私を待っているのである。彼の手にも空き缶が握られていた。

「それ、いただきます」

彼は言って、ごく自然に私から受け取った。おまけに、

「どうもありがとうございます」

なんて言うではないか。

「どうも小田急の社員らしいんだけど、これまたハンサムでねー。私、一日中すごくいい気分だったわよ。私、めったに人のためになんかすることないのに、その日はたまたま缶を拾ったらさー、お礼なんか言われちゃってさ。たまにはこういうことしよう、ってつくづく思ったわ」

この話をちょうどその日に会ったB子さんにしていたらしい。

「ブログには、ああいう話を書いてください。そうすれば缶のイメージ写真撮りますから」

「え、そんなこともするの」

と私はびっくりした。正直言うと、いちばんいいネタは雑誌のエッセイにまわし、三番手ぐらいをブログにしようと思っていたのである。しかしその小田急線の「ちょっと

いい話」は、雑誌のコラムに書きづらい（今、書いているが）。あまりにも短くて、起承転結がつかないはず。

「うーん、私、雑誌のコラム持っているから、ブログとの両立むずかしいかもね」

ついため息をついたらB子さんが言った。

「ハヤシさん、何言ってるんですか。今はパソコンの時代です。みんな雑誌の書評なんか読みません。ブログで本が動くんですよ」

こういう話を聞くと、根っからの活字人間である私はちょっと淋しい。ブログを開設しようとしてナンであるが、私はやっぱり雑誌のことが大好きで、坪内祐三さん言うところの「雑誌好き」なのである。雑誌の力を信じている。雑誌のグラビアからお声がかかるととても嬉しいし、雑誌から多くのことを学んだ。その中のひとつが、女性誌が女のある種のヒエラルキーをつくる、ということであろうか。

女優さんでも、女性誌の表紙を飾り、特集が組まれるようになったら一流だ。

編集者は言う。

「モデルでも、人気と実力が出てくれば、だいたいフォト日記連載したり、私物見せてくれってオファーがきます。こんな風にパーソナリティを問われるようになると、モデルも一流の道を歩き始めるんですよ」

なるほどなあと思う。女が誰でも持っている「見せびらかしたい心」、これが読者にも喜ばれ、お金を稼げるようになったら本当の人気者だ。が、女性誌でこれが出来るのは少数派だ、と考えていたら裏ワザがあった。自分でページを買い取って、自分が主役になればいいのだ。このあいだ「女性自身」と「女性セブン」をめくっていたら、同じ女性がこの二誌に出まくっていた。大金持ちの化粧品会社の女社長がカラー四ページを買い取り、それこそ自分の好きなように使っているのだ。「美白の女王」といわれているそうだが、この方は、自分のファッションはおろか、「○○の京都案内」、ペットのワンちゃん自慢、着物自慢と延々と続く。

女は誰しも、自分を見てもらいたい、という欲望を持っているが、カラーグラビアに出るのはむずかしい。それなりの努力と成功を必要とされるからだ。それなのに「美白の女王」ったら、全く何の臆面もなく、着物やアクセサリー、いろんなものを披露している。女優さんと全く同じスタンスに立とうとしている。いくら大金積んでいるからって、こりゃないよな。

なんてこともブログに書くつもり。よろしく。

………

大丈夫？

先週号で自分がいかに「雑誌好き」かということをお話しした私。例の「美白の女王」に関しては、「よく言ってくれた」という声があがっている。私は忘れていたのであるが、女王さまったら篤姫に扮して、鹿児島のゆかりの場所に立つ、ということまでされていたのだ。テレビの宮﨑あおいちゃんと同じような鬘《かつら》をかぶり、打ち掛けをお召しだったっけ。「〇〇〇、篤姫の地を訪ねて」カラー四ページ、かなりの女優さんでもこんなことは出来ないであろう。この週刊文春の担当者は男性なので、女性週刊誌には縁がなかった。私に言われて初めてあのページを目にしたところ、驚きのあまり絶句したそうである。

が、一方ではこうたしなめられた。

「ハヤシさん、あんまり意地悪なこと言わない方がいいわよ。今、雑誌がどれだけ大変か知っているでしょう。各企業の広告費がぐーんと減ってる時に、毎週決まって大金を出してくれるところは神さまよ。その神さまのために、カラーグラビア四ページ差し出すぐらいどうってことないわよ」

そんなことわかってます。しかしなあ、あの女社長が四ページ使って自社の広告をやるなら許せるけど、篤姫のコスプレをはじめ、毎回衣裳を替えての「歳時記」に、「世界&日本旅紀行」だもんな……。

「だけどハヤシさん、そんなこと言ってられません、うちだって明日はどうなるかわかりません」

最近出版社の人がみんな愚痴をこぼしていく。どんな風に経費節減を言われているか、という話は聞いているとつらい。私ら物書きは運命共同体ですもん。

「うちの会社、どこかに身売りされるっていう噂が流れてるんですよ」

そう言ったのは老舗の某出版社である。雑誌もいっぱい出しているかなり大きなところだ。

「心配しなくても大丈夫」

私はこんな話をした。今から二十年以上前のこと、どこの出版社も景気がよかった頃である。今身売りの噂が流れているその出版社の雑誌に、私は連載を持っていた。編集局長とお酒を飲んだ時、酔った彼はこんな話をしてくれたのである。

「昭和三十年代から四十年代にかけて、うちの△△△シリーズは売れに売れたんだ。本当にお札を刷ってるみたいだった。その時の利益をどうしたかというと、金ののべ棒にしてあるんだよ。銀行にお金を預けてもどうなるかわからない。金に換えておけっていうのは先代の社長の命令だった。その時三十年後に不況が来てもうちは大丈夫って社長は言ってたんだ……」

この話を聞かせたところ、相手はなんか疑わしそうである。

「ハヤシさん、その話、どこまで信用していいんですか」

「本当だってば。おたくの会社の地下には、金ののべ棒が何十万本も眠ってるのよ。この埋蔵金のことは、いざという時まで知らされないの。だけど本当の話よ、私がちゃんと聞いたんだから」

こういう都市伝説というのは、人々の心をとても明るくすると思うのだがどうだろうか。

話が変わるが昨年のこと、由布院の亀の井別荘に泊った。ここには暖炉がある素敵な談話室があり、本もいっぱい置いてある。ご主人がかつて助監督だったので映画関係の本も多い。東陽一監督を論じる本があり、「四季・奈津子」の全台詞が載っていた。私の大好きな青春の思い出の映画である。今の使い捨てカイロのような映画と違い、あの頃の映画は丁寧に製作され、長く上映され、さらにずっと長く人の心に残っている。シナリオを読んでいると、幾つかの場面がはっきりと浮かび上がってくる。その中で私がいちばん好きなシーン、奈津子がひとり東京をめざして列車に乗る、それをひき止めようとする地元の恋人。彼は中小企業のお坊ちゃまで、奈津子にプロポーズしている。彼の存在は安逸な故郷での人生そのものだ。だから彼女は彼をふりきって列車に乗る、すると彼は怒りをあらわにして叫ぶ。

「バカヤロー」

そう、あの時は魂が震えた。恋人役の風間杜夫さんに恋をした瞬間である。あの時に私の男性の好みは決定づけられたといっていい。スクエアで普通の男が好きになったのである。それなのに、この頃映画を見ても、テレビを見てもこのテの男が少ない。みんな信じられないぐらい美しくて、カッコいいコばかりだ。画面に美少年が多過ぎるのではないか、というのが私の不満である。殺人犯も、刑事も、みんなアイドル系の美青年で、眉を綺麗に整え、一時間かけてブロウしたような髪をしている。

「もっと普通の男を出してくれ」

と私は叫びたくなる。

私が好きな『ホームレス中学生』を映画化した時もそうだった。見ていないのにこんなことを言うと失礼であるが、あんな綺麗なコがどうしてホームレスになるんだろうかという疑問が残る。あんな美少年なら、ホストクラブへ行けば手っとり早く稼げるし、公園で誰かに襲われるよ。主役にアイドルを使うとファンは必ず来てくれるだろうが、映画としての拡がりを持たない、というのが私の持論である。

「普通の男はどこへ行った」

普通の男が持つ、たまらない色気をたたえているのが、わずかに佐々木蔵之介さんとか原田泰造さんぐらいだが、あの方たちはわりと年が上だし、容姿も相当のレベルである。

とにかく画面どころか、世の中にもアイドル系の美しい男が溢《あふ》れていることに、私は驚くことがある。そしてこのコたち、傲慢《ごうまん》なところがなく、ほどほどの外見の女の子たちをちゃんとエスコートしているのである。眉を整えた美しい男の子たちを見ていると、本なんか読まないのはもちろん、雑誌も興味ないのも頷ける。こんなにキレイな人たちに、活字なんて必要ないかも。本を読むのはパソコンと違って、ひとりきりの孤独な行為だものね。

埋蔵金が尽きる日も近いか——。彼らを見てると心が明るくなるのは確かであるが。

……

湯タンポの功罪

「ハヤシさん、脚のそれ、どうしたんですか」

トレーニング中、若い男性トレーナーが尋ねた。ちなみにここのジムは、貸してくれる膝までのパンツとTシャツを着ることになっている。私としては長いパンツと長袖とで、出来るだけ体を隠したいのであるが、なかなかそうもいかない。よって私の太い脚はかなり人目にさらされることになるのだ。彼はさらに言う。

「それって、湯タンポのやけどですか」

まあ、結構はっきり言うじゃん。左脚の内側と、右脚の外側にある小さなそれは、脚が細くなると目立たないが、太くなると凹《へこ》んでわりと目立つ。もうそんなことを気にするようなトシではないけれど、まあ、言わなくても済む類《たぐい》のことですよね。

「そうよ」

それがどうした、という感じで私は答えた。

「うんと小さい時、寝ている時に暴れて湯タンポがカバーからはみ出したみたい。私のトシで、このヤケドがある人は多いけど、今どきはいないでしょ。珍しいでしょ、湯タンポのヤケドなんて」

「そんなことないですよ」

と彼。

「うちのお客さんでも、二十代、三十代で湯タンポのヤケドつくってる人、結構いますよ。低温ヤケドだから、なかなか気づかないみたいですね」

へえー、そんなものかしら、と半信半疑であったが、先日なんとNHKニュースで特集していたではないか。エコと節約ということで、湯タンポが再び脚光を浴びることになった。そのためにヤケドをする人がとても増えているそうだ。

「へえーっ」

かなり驚いた。カバーはかなり進歩しているものの、湯タンポの形は変わらない。世の中がこんなすごいスピードで変化しているというのに、五十年近く前に私が遭った災難と同じものが、また世の中に蔓延しているとは知らなんだ。これって結核のようなものかもしれない。もう消えたと思っていたトラブルが、案外はびこっているのである。

ところで湯タンポよりも、そのブームが定着しているものがある。それはお弁当だ。

このあいだも弁当箱が売れているという記事が、「週刊文春」に載っていた。この中に私の名前が出てきてちょっとうれしい。このコラムに、

「流行につられてつい弁当箱を買ってしまい、毎日つくっている」

と書いたのを読んでくれていたに違いない。

あれから二ケ月たつ。もう弁当づくりはやめただろうと多くの人が思っているだろうがそんなことはない。未だに毎日ちゃんとつくっている私。

ちなみに本日のメニューは、鮭の粕漬け半身に、コロッケ、アスパラガスのカツオ節あえ、ヒジキ、かぼちゃの煮つけである。コロッケは、昨日のおかずにつくったものの残りを、小さくお弁当用にした。もちろん朝揚げる。ごはんには梅干しと、京都で買ってきたおじゃこをふりかける。

どうです、なかなかのもんでしょ。が、うちの夫は「全国わがまま夫」コンテスト、有職配偶者の部で入賞が果たせそうな男である。最初の頃は、ありがとう、とか、おいしかった、と言ってくれたのであるが、今はつくるのがあたり前に思っている。それどころか、

「油分が多すぎる。大人の弁当にウインナ入れるな」

とか文句をたれる。人間、慣れるのは三日だなあ、とつくづく思う。これほど早く有難みがなくなるとは……。

　さて、湯タンポ、弁当箱ときたら、やはり東京タワーのことを少し話してみたい。昨年は東京タワーが出来て五十周年ということで、いろいろな関連番組や記事が多かった。中でも職人さんたちのエピソードは感動を誘う。今日中に鉄骨を上げなければ、明日、仲間の結婚式が危ない、ということでみなが一致団結する。強風の中、危険をおかして大きな鉄骨をクレーンで持ち上げていくのだ。とてもいい話であった。が、この東京タワー物語、どこも塗装のことが出てこなかったのがちょっと物足りない。あの独特の赤がなければ、東京タワーは東京タワーでなくなると、ひとり憤慨している。それは私の知り合いの女性に、

「うちの母の実家で、あの塗装の仕事をした」

という話を聞いたからだ。彼女のお母さんの実家は、代々大きな塗装屋さんを経営していたという。

「昔はバスガイドさんが、東京タワーへ行くと、トビ職や大工の親方はもちろん、どこの会社でどういう工事を請け負ったか、いちいち名前を出して話したそうです。そこで塗装は〇〇、ってうちの母の実家の名前を言ってくれたって聞いています」

　が、もうそういう習慣もとうに失くなったそうだ。

　私は小学四年生の時、「東京タワー」という詩を書いたことがある。

「お土産の東京タワーの模型が銀色に光ってる。私も本物の東京タワーに上がりたいな

あ」

という他愛のないものであるが、母がこれを朝日新聞に送った。当時朝日では「小さな目」という詩の投稿ページがあったからだ。そして私の「東京タワー」は、幸運にも選ばれ新聞にのった。私の文章が活字になった初めてのことである。ごほうびにシャーペンをいただいたことを、昨日のことのように思い出す。母のごほうびは本物の東京タワー体験だった。

今でも高いビルに行くと、東京タワーはどこだろうかとすぐに探す。夜の東京タワーが見える高層マンションなどの場所は、なんて贅沢だろうとしんからため息が出る。

東京の象徴でありながら、そこかしこに野暮ったさを残す東京タワーが私は大好き。再びブームになっているのもわかる。いいものブームは一巡も二巡もする。湯タンポを見るとよくわかります。

………劇場は誰のもの？

　こういう仕事をしているおかげで、いろいろな劇場のバックステージを見ることが出来た。オペラ好き、声楽を習うぐらい好きと、いろいろなところで言いふらした結果、雑誌のグラビア取材の仕事をよくいただいたからである。

　ミラノ・スカラ座、ニューヨーク・メトロポリタン歌劇場、パリ・オペラ座と、どこも奥の奥まで親切に案内してもらったものだ。スカラ座は楽屋に行く途中の廊下に、大きな柱があった。昔教会だった頃のなごりだという。そう大きな劇場だとは思えなかったのに、裏の方に幾つもの部屋がある。そこを開けると、レースとサテンに溢れた衣裳室だったり、小道具をつくる職人さんがいたりする。

　おととし訪ねたパリ・オペラ座も、本当に不思議な建物であった。上の階の廊下を歩いていたら、窓から突然おじさんが出てきた。なんでもオペラ座の屋根でミツバチを育ているのだそうだ。おじさんが屋根に上れ、と誘ってくれたので窓からよじのぼった。一緒に行ってくれた日本人コーディネイターが言うには、二十年以上オペラ座に出入りしていたが、ミツバチおじさんに会ったのも初めてなら、屋根に上ったのも初めてだという。

「ハヤシさんは本当に運がいいね」

としきりに感心していた。

オペラ座の屋根から見るパリの景色は格別で、私のまわりを鳩がぐるぐる飛んでいく。わあーっと両手をあげた写真を何枚も撮ってもらった。

そしてパリのオペラ座は、屋根もいいが地下も面白い。奈落を案内してもらうとそこは土の床だ。四角い穴が開いていて覗き込むと水がたまっているではないか。地下水が出てきたものらしい。昔は魚を飼っていたという。まさにあの世界ではないか。

そう、「オペラ座の怪人」。古い劇場というのは、それにふさわしい伝統や不思議さに満ちている。

日本でこういう場所があるところといったら、やはり歌舞伎座であろう。今日も歌舞伎座で二月興行を見てきた。

入り口のところには日本酒の樽が山積みになっている。たくさんの赤提灯、左側にはお土産物屋、ロビイには富司純子さんの美しいお姿が……全くここは素敵なところだ。

友人が、親しい役者さんにバレンタインのチョコを渡すとかいうことで楽屋まで一緒に行った。めったに行くことは出来ないが、歌舞伎座の楽屋は本当に緊張する。腰元やおさむらい、町人たちがぞろぞろ歩く摩訶不思議な空間だ。そこに裏方さんや、音楽担当の人たちが入り混じる。歩く方向や幅のとり方に、ちゃんとした序列があるらしく、我々シロウトが混じるとあちこちから冷たい視線がとんでくるようだ。行ったことはないが、作業中の築地市場もこんな感じであろう。

この歌舞伎座がもうじき失くなってしまうというのは感慨深いものがある。おそらくこの劇場に宿っている、芸のカビといおうか精霊たちもどこかへ行ってしまうのだろうなぁ。なんでもピカピカの高層オフィスビルになるんだそうだ。実に惜しい。私に時間とお金と政治家のコネがあれば、一大反対運動を起こしたいところだが、もう計画は後もどり出来ないところまで進んでいるようだ。どうしてこんなに順調に進んだかというと、役者さんたちが反対していないからであろう。対談などで、歌舞伎の役者さんとおめにかかる時、このことを尋ねると、たいていの方がこうおっしゃる。

「地震が起こるとね、ひとたまりもない建物なんですよ」

「あそこの楽屋は本当に使いづらいですよ。継ぎ足し継ぎ足ししたものですからもう限界でしょう」

と、実際に舞台に立つ方がそうおっしゃるならもう仕方ないことかもしれない。

今度の新築計画では、東銀座の駅から直行出来るそうだ。これだけは双手をあげて賛成したい。そうでなければこれまでのように雨の日は、地下鉄の小さな入り口が傘をさして出てくる人、たたんで入ろうとする人とで大変な騒ぎになってしまう。

今日も地下鉄を降り、階段を上がろうとしたら大変な数の人で溢れている。行った人はおわかりだと思うが、歌舞伎座の前に出る地下鉄の階段は、かなり長く急で途中から急に狭くなる。上る人、降りる人が行儀よく一列にならないと収拾がつかない。が、今日はとてもお年寄りが多く、手すりにつかまり、数珠つなぎになって一歩一歩階段を上がる人が何人もいた。年寄りには親切な私であるが、このスピードにはとてもついていけない。つい追い越してしまう。そういう人は何人もいた。しかしその人の流れは階段の狭くなるところで降りてくる人たちに遮られ、大混乱になってしまう。ここ歌舞伎座前の地下鉄通路では珍しくない光景である。

新しい劇場になったら、地下鉄の駅からはエスカレーターでいけるはず。この点、初台の新国立劇場はとても快適だ。駅のプラットホームを上がるとすぐに劇場である。歌舞伎座もぜひあれを見ならってほしいなあ……。

などと書いてかなり空《むな》しくなってくる私。どう考えても、今のあの歌舞伎座よりもいいものが出来るはずはないのだから。立派で華やかなのであるが、ちょっとヘンテコな劇場である。芝居小屋が〝悪所〟だった頃の趣もちゃんと残していた。

ひと頃会社は誰のものか、という論議がなされていた。当然社員のものだと思っていたら、いつのまにか会社は株主のものだという、アメリカ式の考え方が主流になった。

劇場は誰のものだろうか。観客のものだろうか、演じる人のものだろうか。それとも興行会社のものだろうか。単純な答えであるが、私はみんなのもの、と思いたい。さまざまな感情をつくり出し、共有するという特別な役割がある。だからもっと完成図などをどんどん公開してほしい。そしてこちらの注文、文句もちゃんと聞いてほしい。説明会ぐらいひらいてくれてもいいんじゃない？　東京都の審議会を通すそうだが、芝居好きの都議会議員なんていったい何人いるんだ？

ミゾユウの出来ごと

最近私たちの間で流行っている言葉は、何といっても「ミゾユウ」に尽きる。そお、私らの総理大臣が言い間違えてたアレだ。本当は「未曾有」ということなど忘れてしまうほど「ミゾユウ」はポピュラーになっている。

「ハヤシさん、うちの会社、ホントにミゾユウの事態なんですよ」

「こんなミゾユウなことになるなんて信じられない」

と、不景気を嘆く時に使う。また、

「ミゾユウな時代なので、ひとつ割りカンで」

と明るく用いる時もある。

そして最近また流行言葉が出た。それは「ウズ中《ちゅう》」というやつである。こちらの方はあの大臣がお間違えになった「渦中」が語源である。

「いま、ウズ中の人よ」

と言って、みんなに通じるからメディアの力というのは怖しい。

中川昭一さんは本当に残念であった。あんなひどい醜態をさらしてしまうとは。

辞任した日、仲のいい女性編集者からメールがきた。

「昭さま、お気の毒。お酒でも飲んでみんなでお慰めいたしましょう」

もちろんこれはブラックユーモアというものである。対談をきっかけに、私も何度かご一緒する機会があったが、酔われたのを一度も見たことがない。私も「トラになったところ」を見られるかと密かに楽しみにしていたのであるが、そんなことは全くなかった。

酔わなければ、ハンサムで色っぽくて、特にマスコミの女性たちから絶大な人気を得ていた中川さん。女たちは「昭さま」と呼びならわしていた。

こんなことになるとは、かえすがえすも残念であるが、政治家というのはいくらでもやり直しがきくらしい。またいつかあの方が国政の中心に立たれる日を、私は待ち望んでいる、と言ったところ、別の女性編集者が、

「でもあの映像は残るからね――。一生、何度もリプレイされるよ」

などと冷たいことを言うではないか。うーん、あの映像よりも強烈な存在になってほしいと祈るばかりだ。再びウズ中の人になる日を、私は心から待っています。

それにしても、政治家というのは、私大出た人も、東大出た人も、どうしてあれほど漢字を言い間違えるのであろうか。いや、前からそうしたミスは何回もあったに違いない。今はマスコミが息をこらして、何か言い出さないかとじっと待ち構えているところがある。

政治家のくせにと、私の場合、人のことは言えない。もの書きのくせに、私も言い間違いが実に多いのだ。

世の中に「漢字の言い間違いをしてはいけない」職業があるとしたら、作家はトップ3に入るであろう。あとの二つは政治家と教師のはずだ。言葉を使って、ゴハンを食べている職業だからである。

つい先日のことだ。ある席で私は、

「求道者（キュウドウシャ）のような生き方」

と発言した。口に出したとたん、急に強い不安に襲われた。言い間違えた時というのは、その場の空気が何とはなしに変わるからわかるものである。

私はテーブルの下で、こっそり携帯を取り出した。あて先なしのメールをつくり、「キュウドウシャ」とボタンを押した。すると「求道者」という字がディスプレイに表示された。辞書をひいてもちゃんと出ている。ふつうならここで安心してもいいのであるが、私の胸の霧は晴れなかった。

さっそく近所の書店へ行き『読めそうで読めない間違いやすい漢字』(二見書房)という本を買ってきた。

第一章「恥をかかないための入門編」というところに「求道」はあった。正解は「ぐどう」で、「きゅうどう」は△の印が。だけど携帯ではちゃんと……というのは言いわけであろうか。うーん、むずかしいとこだ。作家ならやはり「ぐどうしゃ」と読みたい。

最近つくづく思うのであるが、

「恥をかくのを怖れるな」

という思想は、四十歳までだ。後は成果を発表する年代であろう。出来るだけ注意深く用心を重ね、恥をかかないようにした方がいい。最近の私はちょっと危ないかな、と思ったら簡単な言いまわしで逃げることにしている。が、逃げてばかりもいられないので、この際きっちり直しておこうとこの漢字の本を読みふける。まさか、と思いたいが、入門編で幾つも読めない文字が出てきたのには驚いた。たとえば「灰燼」というのを私はハイジンと読んでしまった。正しくはカイジンである。そしてしょっちゅう間違える「凄絶」。これはソウゼツではなくセイゼツだ。

思えばかなり恥をかいていたような気がする。何年も前のことになるが、読書感想文コンテストの選考委員をしていたことがある。今はその賞はなくなってしまったが、当時はかなり大がかりな授賞式が行なわれた。全国から入賞した高校生と中学生、作文を担当した教師、そして親たちがやってくるのだ。そこで選考委員を代表し、論評を述べた私は、スピーチの中で入選作の何行かを読んだ。その時、

「目のあたりにして」を、

「メのあたりにして」

とはっきり読んでしまったのである。ぞーっと背筋が寒くなった。気づいたのはその直後だ。口にしたとたんその場に拡がる「えっ？」という空気を感じたからである。しかしうまく言い直すことも出来なかった。まあ人はこのような間違いをしょっちゅうしているのだが、政治家の場合大きな問題になる。今ぐらい政治家の言い間違いが話題になったこともあるまい。そして今年は、日本漢字能力検定協会の体質にメスが入った。これというのは単なる偶然だろうか。何らかの大きな力が働いているような気がして仕方ない。ある時から漢字に対してみんな価値を見出し、やたら厳格さを求めるようになった。おバカキャラはあんなに好きなくせに。

………

もうイタくない

みんなでカラオケに行ったところ、歌のうまい友人が朗々とラブソングを歌った。思わず聞きほれる女たち。その時、隣りに座っていた女性（ヒトヅマ）が言った。

「こういう時、女が頭の中に浮かべるのは、絶対に夫じゃないよね」

そう、たいていの女性が、甘やかなせつない記憶を持っている。それが時々、歌や映画によって甦《よみがえ》る。もう過ぎ去ってしまった青春の日々、ひたむきな恋……。でもいいの、思い出という宝物になって、私の中にいつまでもあるのよ……。

と思っていたら、思い出にならなかった人たちがいる。そお、玉置浩二さんと石原真理子さんの結婚だ。

本当にいい話だ！　最近このように嬉しい芸能ニュースを聞いたことがない。宮沢りえちゃんのおめでたを聞いた時も、みんな「よかったわねー」と言ったものの、肝心のりえちゃんがあまり幸せそうに見えないのと、相手の男性をやたら隠すのとで、かなり気持ちがそがれてきているのではないか。

そうしたら、このビッグニュースである。りえちゃんよりも百倍ぐらいイタかった石原真理子さんが、「過去の男」を、ぐいと引力で「現在の夫」にしたのだ。これは中年女たちをいたく興奮させ、喜ばせ、連日のワイドショーのトップを飾っている。

「もしかして、昔の男の人と出会ったら、〝君とのことは真実の愛だった〟なんて言われたりして……」

夢みるようにつぶやく女が私のまわりに何人も出現した。

何度も言うようであるが、これは本当にいい話である。が、この感動は男性にも、若い女性にもわかるまい。二十三年という年月は長く、玉置さんのダウンのお腹のあたりはパンパンにはちきれそう。あの輝くような美少女だった石原真理子さんも、まぁ相応に年をおとりだ。四十五歳だという。何年か前、過去の男性とのことを赤裸々に綴った暴露本を出した時、メイクや雰囲気が二十年前のもので人々を驚かせた。私もこのページで辛辣《しんらつ》なことを書いた憶えがある。石原さんはその後も奇行を繰り返し、自分の原作で映画を撮ったりして、マスコミの扱いも意地悪であった。

「玉置浩二もさー、自分の恋人があんな風に変わったのを見るのは悲しいよね。DVなんて書かれちゃったしさー」

など私のまわりも言い合ったものだ。ところが二十三年ぶりに会ったら「奇跡」が起こり、もう若くない二人は再び愛し合うようになるなんて、しつこいようだが、本当にいい話ですよね。願わくばこの結婚が長く続き、〝奇跡〟を完結させてほしい。

このカップルのことがニュースになる前、取材陣は樹木希林さんの家に集まっていた。言わずとしれた娘婿《むすめむこ》、本木雅弘さんのことを聞くためだ。この時の樹木さんの態度を見て、なぜこの方がマスコミの人に好かれるかようくわかったような気がした。

自宅のドアを開けた樹木さんは、取材の人に向かって言う。

「あーら、雨の中、悪かったわね。中に入って頂戴よ」

そして自宅の応接間に招き入れ、椅子を勧めていた。

いくらいいニュースの取材で来たからといっても、夜、自宅に取材陣が来られるのはさぞかし迷惑なことであろう。芸能人でもない私でも、過去に何度かこういうことがあるが、ご近所の手前もあるので、しぶしぶと出ていく。そしてガレージで簡単なインタビューに応じるぐらい。

が、私などまだいい方で、たいていの人が無視を決め込むか、インターフォンごしになにか短い言葉を発するだけだ。樹木さんのように暖かく迎え入れてくれたら、みんなこれからも内田家のことを、好意的に扱おうと思ったに違いない。

ところでこの頃、宮崎あおいちゃんが離婚するかもしれないという記事が、いろんな週刊誌をにぎわせている。かなり意地悪な記事だ。

私は自分の予言があたったとひとり頷く。

昨年私は、日本で数少ないアンチ「篤姫」派であった。それは原作の格調高さや凜《りん》としたところが全く見られないこと、主役のぶりぶり演技がどうにも耐えられなかったからだ。いろんな週刊誌も「あれは、あんみつ姫だ」「時代考証がでたらめ」と叩いていたけれど、あまりにも視聴率が上がってきたので、ある時からぴたりと悪口がやんだ。

私はひとり私憤を抱きながらも、結構見てしまった。見ると確かに面白いが、うーん、この面白さは、歴史ドラマとはちょっと違うんじゃないかと思っていたところ、宮﨑あおいちゃんの結婚のニュースが。

「大河の主役の最中、まだ二十二歳ですることないじゃん」

と私はまたもや、いやーな気分になった。おまけにその披露宴がひどい。徹底的な秘密主義で、ツーショットの写真一枚撮らせないのだ。しかも場所は表参道に面した、うんとにぎやかなところだ。ここにブルーシートを張りめぐらし、取材陣は一歩たりとも入れない。あの日も寒い雨の日で、レポーターの人たちは降りしきる雨の中、傘を持ってずっと立ちつくし「せめて写真を一枚だけ」と懇願していたが、拒否されていた。芸能ウォッチング古老の私は、過去をさかのぼる。確か松田聖子ちゃんの最初の結婚披露宴の時は、取材陣にお赤飯の折が配られたはずだ。

「今は売れてるからいいけど、雨の中で犬みたいに追いはらわれたマスコミの人たちは、きっとこのことを忘れないと思うよ。宮﨑あおいちゃん、覚悟しといた方がいいよ」

と私は人々に言ったものだ。

「あの披露宴のすぐ後、宮﨑あおいちゃんの夫っていうのが、〝はなまる〟に出てたけど、チェーンしたちゃちいニイちゃんだったよ。ペラペラ新婚生活のこと喋ってたけど、じゃ、あのシートは何だったの。私はヒトごとながら腹が立つ！」

全くワイドショーはさまざまな人生を見せてくれる、これほど面白いものはない。そして私はそれを見て、かなり本気で怒ったり、喜んだりするのである。

………夫婦の価値

白洲次郎、正子夫妻のブームは、とどまるところをしらない。

NHKドラマでは、白洲次郎を伊勢谷友介さんが演じている。私のまわりの女たちの間では、

「今まであまり目にすることはなかったけど、すっごくカッコいい」

と大好評である。

演技がいまひとつなのは残念であるが、背は高いし英語はうまいし、クールで知的な風貌が白洲次郎にぴったり。確かこの人、芸大出てモデルしていて、広末涼子ちゃんの元カレだったはず……。

そんなことはどうでもいいとして、日本人はなぜこれほど白洲夫妻が好きなのであろうか。私が白洲正子さんにおめにかかったのは、今から十八年ぐらい前のことだ。今は

武相荘《ぶあいそう》として一般公開されているご自宅にお邪魔した。その頃、白洲さんといえば、マニアックな読者を持つ、美術や古典に詳しい評論家、といった位置づけだったはずだ。ご主人のことなど誰も知らなかった。

女性誌のグラビアで対談した後、短い訪問記を書くため、そちら方面に詳しい編集者に電話をかけた。

「ねえ、ねえ、白洲正子さんってどういう方なの。私、ご本を二冊ぐらい読んだけど、西行とか茶碗の話でちんぷんかんぷんよ」

まだ『白洲正子自伝』が刊行されるかなり前のことと思っていただきたい。

すると相手は、

「あそこは正子さんもすごいが、旦那もすごい人なんだよ」

と、初めて次郎のことを教えてくれたのである。

「吉田茂の懐刀《ふところがたな》と言われて、占領下の日米交渉に尽くした人なんだ。日本のラスプーチン、なんていう人もいるけど、あの人がいなかったら、当時の日本はろくすっぽアメリカにものを言えなかったんじゃないの」

この頃、白洲正子を知っていても、次郎を知っている人は誰もいなかった。次郎ブームに火がついたのは、白洲正子ブームが一段落した三年ぐらい前からではなかったか。

まず奥さんが騒がれ本が読まれ、その後は旦那が支持され人気が沸騰した。そして今、二人で登場することが多い白洲夫妻。夫婦であることで、人気が三乗四乗にもなったような気がする。

そう、白洲夫妻のこの大ブームの原因のひとつは、夫婦であることなのだ。あんなカッコいい男を、自分のものにしている女の魅力。あれほど鋭く、デキる女を妻にしている男の大きさが賞賛されるからである。白洲次郎の奥さんが、もし普通の良妻賢母であったら、あるいは白洲正子が独身であったら、これほど人の心をうつアイコンにはなれなかったであろう。

偉大な男と女が出会い、いろいろあっても別れることなくひとつの家に住み、お互いを尊重し、時には反発しながらも共に生を全うしていく。この夫婦であることのカタチが、今の若い人にも新鮮に思えたに違いない。

日本には大きな仕事をした男の人が何人もいるが、そのほとんどすべてが、「妻の献身的な愛」によって支えられているのではなかろうか。白洲正子という人は、〝献身〟なんか絶対にしなかったはずだ。自分も勝手に生き、人生や美の真実を確かめようとした人である。このあたりも若い女性の共感を得ているのだろう。

「夫婦共に一流」

このカップルを探すのは実はとてもむずかしい。芸能人のご夫婦でも、一方が大スターで、配偶者もそう、という例はないのではなかろうか。スター同士共演がきっかけで結婚しても、片方がみるみるしぼんでいく、という例はよく見られる。あるいは両方しぼんでいって、気がつくと旅番組で二人一緒に温泉に入ったりしている。

男の作家は、女と違ってすごくモテて、よく女優さんと結婚するが、あれは彼女たちの中に

「ひとつ家の中に、スターは二人存在しない」

という認識があるからではなかろうか。違う業種ならば、ひとつ家の中に売れている人が共存することは可能だからだ。

ところで昨日、銀座の劇場で「ザ・ヒットパレード」を見た。これは渡辺プロダクションを創った、渡辺晋、美佐夫婦の物語である。このミュージカルは、とても評判が高く、このたび再演となったものであるが、ここでも白洲次郎・正子ブームのセオリーが働いているような気がする。

まず主人公二人のお育ちがいいこと。伯爵令嬢の白洲正子には到底かなわないとしても、渡辺美佐さんは名門日本女子大の卒業である。

終戦当時、目白の女子大に通っていた、というのは相当裕福なインテリ層であったろう。渡辺晋氏は早稲田の学生である。この二人が、あの頃はその筋の人々が仕切っていた興行の世界に乗り込んでいくのだから、並大抵の苦労ではなかったはずだ。

この二人がもし、苦労した興行師の息子や娘、という設定であったら、ドラマは別の

展開を見せたかもしれない。日本人は麻生さんに裏切られるまで、
「お金持ちのお坊ちゃん、お嬢ちゃんがやんちゃで大胆なことをする」
というストーリーが大好き。

そして何より、美佐さんは決して単なる社長夫人ではなく、あのナベプロ帝国をつくった立役者だったということ。当時帝国には、王さまと女王さまの二人がいて、互いに尊敬し合っていた。美しく華やかで、社交的、そしてすぐれたプロデューサー能力を持った女王さまに、王さまはどれほど助けられたことであろうか。

そして王さまの死でミュージカルは終わりを迎える。懐かしい歌が続き、戸田恵子さんの演技が素晴らしいこともあったが、いつのまにか泣いている私。

夫婦というのはやはりいいかもしれない。人生のパートナーとして、共に戦う相手はやはり必要かもしれない……と白洲ブームで皆が反省していると思いきや、私のまわりでも離婚ばかりしている。やっぱりあの人たちは特別なのだと、諦めているのかも。

春たけなわ

………


ブログを始めて、一ケ月がたとうとしている。

最初は誰ひとりとして、私のことを信用していなかったと思う。

「ズボラで三日坊主のあの人が、きちんと更新出来るはずはない」

いちばんそう考えていたのは、実は私自身であった。ゆえにお金と人手はかかってもいいから、出来るだけこちらの労力を省く努力をしたのである。

まずデジタルカメラを使うのはやめ、いちばん簡単な携帯の写メールにした。すぐに写す、そして素早く送信をすればすべて終わるようにしたのである。あとはバイトのライターさんがやってくれる。おかげさまでとても反響があり、アクセス数もびっくりするぐらい来るようになった。そして別につくったファンサイトの書き込みを見ると、たいていの人がこう言っている。

「ハヤシさんって、忙しいと前から思ってたけど、ブログを見てびっくりしました。私の想像以上でした」

そしてもうひとつは、

「やっぱり毎日すんごいご馳走を食べているのね」

私もブログをつくって、そう思った。このところおつき合いが多いことがあったが、かなりの頻度で、フレンチやお鮨の名店、あるいは中華やエスニックを楽しんでいるのだ。

「いっそのこと、ブログでレコーディングダイエットしたらどう」

という有難いご意見もあり、かなり本気で考えている。

春になった。本気で瘦せないとかなり怖いことになりつつある今日この頃。今日、女性誌の担当者とランチをとっていたら、彼が運ばれてきた松花堂弁当を、パチリとデジカメで撮るではないか。

「ハヤシさん、すいません。僕、今自分が実験台になって、糖質抜きダイエットをやってるんです。記事にするんで、食べたものをいろいろ写真に撮らなきゃいけないんです」

彼は言う。

「僕がこれで成功したら、編集長がまっ先にハヤシさんに教えてあげなさいって」

「ありがとうね」

でも私とて頑張っている。この一週間というものはお酒も甘いものも断って、ご飯は一日にほんの茶碗一杯だけ。それも朝摂ると決めているのだ。

「そのせいで、一・五キロ痩せたんだけど、昨日、お鮨をたらふく食べたんで、元に戻ってるかもね」

などという話をして家に帰ってきたら、ハタケヤマが言う。

「ハヤシさん、さっき○○クリニックから電話があって、院長が五時過ぎに来てくださいって。何でもスープのことで、っておっしゃってましたけど、ハヤシさん、わかりますか」

「わかる、わかる」

この町に越してきて十年、やっと体になじんできたという感じだろうか。いきつけの店も何軒も出来た。本屋さん、花屋さん、文房具屋さん、カフェでなくて喫茶店が、小さな駅のまわりに集中していて、本当に住みやすいところだ。

中でも駅前の○○クリニックは、本当にお世話になっている。ここの院長とうちの父親とは不思議なご縁があり、話すと長くなるので省略するが、それは戦後の中国にまでさかのぼる。まるでドラマのような話があるのだ。そんなわけで、このあいだこのクリニックが新築のビルにお引越しした時、お祝いにお花をお送りした。そうしたらすぐに院長からお電話をいただいた。

「ハヤシさん、お礼に痩せるお茶をプレゼントしますよ。僕はこれを朝晩飲んで、二ケ月で五キロ痩せたんですよ」

それをありがたく飲み続けたが、体重には何の変化もなかった。

「おかしいなァ、たいていの人が結果が出てるんですけどねぇ」

院長は首をかしげる。メタボ対策のために自らいろんなことをなさっているのだ。

このあいだ風邪で行ったら、

「ハヤシさん、今度すごいダイエットスープが開発されましたんで、僕が実験的にやってみますよ。もしよかったら、ハヤシさんもやってみませんか」

それが次に行ったら、

「ハヤシさんも一緒に始めませんか。一週間飲み続ければいいんです」

になったので、ぜひ、よろしく、とか適当に答えていたら、今日の電話になったのである。

きっかり五時にクリニックを訪ねたところ、相変わらずの繁盛ぶりで、待合室はたくさんの人だ。今日はいつもと違い、二階の事務室に通された。そしてものすごく重たい荷物をいただいた。中に冷凍のスープが七袋入っている。

「先生、お代は」

「いいです。これは実験でやってもらいますから。それでこれから下へ行って、採血して、身長、体重計って、おヘソのまわりも計ってね」

「先生、それだけは――。太ったばっかりに、二年も人間ドックへ行かなかった私なのに――」

と抗議したが、聞き入れていただけなかった。

私は重たいスープを持ち、商店街に向かう。明日は夫の誕生日だ、ということを思い出したからである。

日頃やさしいことを何ひとつしてもらっているわけではないが、イベントにはやけにうるさい男である。知らん顔、というわけにもいかないだろう。

私はその重たい袋を持ち、文房具屋へ行った。グリーティングカードを買う。そして次はお菓子屋へ。

「すいません、明日までにバースデーケーキをつくってもらえますか」

「それじゃ、上に書く字を」

「HAPPY BIRTHDAY」

と書いて急にスペルが不安になる。最近漢字も自信がないが、英語なんかもっとない。

とにかく渡して今度は本屋さんへ。ここで新刊書と雑誌を買って銀行へ。そしてうちに帰る。

日は長くなり、春はいよいよ実感となる。
夏までには痩せたいなァ。このスープ、本当に効くのかなあ。
こんなことばっかりやってもう何十年。あと二週間たつと私の誕生日がやってくる。

……

二重《ふたえ》の歴史

ご存知のとおり、「週刊文春」は、創刊五十周年を迎えた。先週号は、華々しく記念特大号となり、昨夜は「記念トークイベント」が行なわれた。なんと三百人の定員に対して、五千人の応募があったそうである。私も阿川佐和子さんの「この人に会いたい」スペシャルに出させていただき、楽しいひとときを過ごした。

その後、会場だった丸ビルの中のイタリアンレストランで、簡単な打ち上げ会が開かれた。私と阿川さんの前の席がひとつ空いている。

「やっぱりここは、『週刊文春』の編集長が座らないと」

と誰かが言った。しかし少し遅れてその席に座ったのはS氏である。

「Sさん、お久しぶりですね。奥さま、お元気ですか」

Sさんの奥さんは、かつて文藝春秋に勤めていて、私のこのページの連載の担当であった。Sさんと社内結婚をして、会社を辞められたのだ。今でこそ共働きの方もいるが、十数年前の文藝春秋は保守的なところが残っていて、社内結婚の場合は、奥さんが退社しなければいけないという不文律があったと記憶している。

「Mちゃん（奥さんの名）の方が、ずっと仕事出来るんだから、Sが辞めるべきなんですよ」

と、私のまわりの人たちは、ふざけ半分に言っていたものだ。

やがてお酒もまわり、みんな編集長が、どうした、こーした、という話になっていく。私は尋ねた。

「ところで、週刊文春の編集長っていつ来るの」

空気が一瞬止まった。みんな信じられないような顔で私を見る。

「誰って……。目の前にいるSじゃないですか。ハヤシさん、知らなかったんですか」

私は権力におもねるのが嫌い、ということは全くないのであるが、人事に全く興味がない。というよりも、しょっちゅう変わる出版社の〝長〟のつく人たちのことを、いちいち憶えるのがめんどうくさいのである。関心を持つのは、直接の担当者だけだ。

「へえー、編集長はSさんだったの」

それにしても、月日のたつのは早いものである。このあいだ結婚したばかりの、若い編集者だと思っていたのに、もう編集長なのか。私は感慨にふけったのである。

感慨といえば、私は昨日、もうひとつ感心したことがある。二重《ふたえ》になるためのアイテープを、それこそ四十年ぶりぐらいに買ったのだ。

中学生から高校生にかけて、私の目は重く垂れ下がったひと重であった。そこで活躍したのが「アイプチ」である。ある年齢以上の女性なら、ほとんどの人が知っているあの懐かしのアイテム。白い液体を瞼《まぶた》の上に塗り、Y字型のヨージのようなものでぐっと押さえる。そして乾くと二重の出来上がりである。「女学生の友」とか「セブンティーン」にも、必ずといっていいほどこのアイプチの広告が大きくのっていたもの。

私は高校生になってから、休みの日は必ずこれを使い、受験勉強をしながら、指で瞼を強くマッサージをした。雑誌に書いてあったように、瞼の上のぜい肉を取るためである。ちょうど思春期を脱し、余分な肉が落ちていく頃だったのであろう、高校卒業時には、私の目は見事二重になっていた。そうなると父親と全く同じ目になり、驚いたものだ。

しかしあれから四十年近い歳月が流れた。私の瞼は、年のせいでかなり垂れ気味である。メスを入れる時が来たのかもしれない。が、今までずっと我慢をしてきた人生だったのに、ここにきて美容整形というのも、なんか口惜しい。

最近のことである。私と同年配の友人と会った。彼女も似たような仕事をしているかなりの有名人だ。私は彼女の気さくな性格が大好きで、親しくつき合ってもらっている。

その日、眼鏡の奥の彼女の目がなんかヘン。いつもと違う。私の視線を感じたのか、彼女は眼鏡を取る。

「ハヤシさん、私ね、このあいだ診てもらったら、眼瞼《がんけん》下垂症って言われたのよ、年とって瞼が下がってくるやつ」

「あら、私もそうかもね、アイメイクが決まんないもん」

「そうしたらお医者さんが、これは病気だから、保険で五万円でやってあげます。だけど綺麗にやってもらいたいなら、美容整形ってことで百万かかります、って言われたのよ。私、すごく悩んだんだけど、五万と百万じゃ、やっぱり五万円の方を取ったわ」

「そんな……」

私は絶句した。

「あなたなんかお金持ちなんだから、百万で美容整形してもらえばよかったじゃないの。目は一生残るのよ」

そんなやりとりがあり、私もなんとはなしに美容整形のことが頭に残っていたのである。いずれは私もしなくてはいけないのか。が、なんか気がすすまないし……。そんな時に、美容ページで、二重瞼にするアイテムの効用が説かれている。なんとアイプチはまだ健在であった。

「中年女性こそ、アイプチを使って、たるんだ瞼をくっきり二重にしましょう」

そんなわけで、丸ビルの中のドラッグストアーにやってきたのである。これはアイプチよりもっと進んだものらしい。さっそく買う。

アイメイクコーナーのところに、今話題の「メザイク」があった。

そして今朝、さっそく試したのであるが、驚いた。細ーい筒状のものを左右にひっぱると、中からさらに細い糸状のものが出てくる。なんとファイバーである！

昔は糊状のものと格闘し、瞼がかぶれた者も多かった。今は科学の力、ファイバーで二重になるのだ。さっそくトライする。が、ものすごくヘン。全く似合わない。おばさんに、くっきりハッキリ二重はとても不自然なのだ。アイテムは進化しても、女の顔も急速に年をとる。歳月の真実をしみじみと感じるのは、ひとの出世とこういう小物からである。

四月一日は、私の誕生日だった。

……卒業

　四月に〝卒業〟の話は、どうも季節はずれになってしまうが、三月末はついこのあいだのこと、テレビではやたら〝お別れ〟のシーンが目立った。

　人気番組「報道ステーション」では、私の好きだった河野明子アナウンサーが、結婚のために退社だって。目をちょっとうるませていたのが印象的で、この時、古舘さんが一度も「卒業」という言葉を使わないのはさすがであった。

　そう、私、あの言葉が大嫌い。最近あまりにも安易に使われ過ぎていると思う。

　あれが流行り始めたのは、今から十二、三年ぐらい前だろうか。メインキャスターの男性の傍に、若いタレントの女性がアシスタントで立っている。はっきり言って、いくらでも替えがきく、というポジションの女性だ。最初はそういう人に向けて、この言葉が使われていたと記憶している。

「二年間、この番組のアシスタントを務めてくれていた○○ちゃんが、このたび番組を卒業することになりました」

最初は思いやりといたわりに溢れていた言葉だったはずだ。

「この番組のプロデューサーが、もう彼女に飽きちゃって、もっと若いコを使いたい、っていうのでクビにしました」

というような本音をまさか言えず、「卒業」となったのだ。見ているこちらも、

「こんな特徴のない、ただのカワイコちゃん、このレギュラーをなくしたら、もう後がないんじゃないの」

と、画面に向けてしみじみとした感情を抱いたものである。

それがいつのまにかテレビ番組内では〝卒業〟をやたら乱発するようになった。フリーのタレントさんどころか、局アナにまで使う。局アナの場合は、フリーと違って、ちゃんと身分と仕事が保障されているはずだ。それを何も〝卒業〟なんてインチキくさいいたわりの言葉で送り出すことはない。

今から十年以上前のことである。私はある雑誌の新人賞の選考委員を務めていた。三年という任期が終わり、これが最後という時、懇親会の席で編集長がこう言ったのだ。

「ハヤシさんが今回で卒業ということになりまして……」

ちょっと待ってよと、私は怒鳴りたくなった。

「私はプロの作家として、新人賞の選考をしていたのであって、この会において何かを学ばせていただいていたわけではありません。もちろん若い人の作品を読んで、刺激になったり、面白かったことはありますが、それを主催者側のあなたから言われる憶えはありませんよ」

そう、〝卒業〟という言葉には、えらそうな響きがある。

「あなたのためにもなったでしょう。いい勉強になったでしょう」

というニュアンスが込められているのである。

もちろん気の弱い私は、そんなこと言えませんでしたが……。

このあいだある歌舞伎俳優さんの後援会に行ったら、羽織袴姿のその方が、後援会長の引退を告げた。

「今回、お退《ひ》きになられることになりました」

なんという美しい日本語であろうか。

「卒業ということになりました」

という言葉と、全く違うものだ。

ところで、私の大好きな番組に、テレビ東京の「爆食女王決戦大会」というのがある。大喰いチャンピオンを決める番組なのであるが、面白くてつい三時間の特別番組をじっくりと見てしまった。

この番組は「ギャル曽根」という人気者を生んだことで知られているが、新人も次から次へと出てくる。それもほっそりとして可愛いコが多い。

その人たちが平然として、ステーキを七キロぐらい口にするのだ。この番組は食べ方が綺麗なのも特徴で、誤解があるようだが、大喰い大会だからといって、食べ物を無理やり口に詰め込むようなことはない。みんな水を飲みながら、淡々とフライやアメリカンドッグを口にもっていく。

私も大喰いではひけをとらないつもりであったが、そこに出てくる人たちの足元にもおよばないだろう。まだ若い女性が、揚げたアメリカンドッグを四十本も口にする戦いなのだ。

しかしこのところずっとチャンピオンの菅原さんは群を抜いている。「魔女」というあだ名どおり、表情ひとつ変えることなく、食器を次々と空にするのだ。その姿は神々しく、競技中のアスリートのようだ。うちの夫も、

「菅原さんってすごい。たいしたもんだ」

と素直に感心していた。

この菅原さんが決勝前夜、ホテルの自分の部屋で、司会者にしみじみと言う。

「私はもうやめたいの。負けてやめたいのよ。誰か私を早く負かしてほしい。そうしたら私は、喜んで引退するわ」

チャンピオンならではの願いであろう。一位を守ることは、本当につらく孤独なのだ。

さて、決勝、トンコツラーメンを食べていた菅原さんの手が止まった。もう本当につらそうだ。こうした脂ギトギトのものは、箸が止まったらもう終わりだろう。体全体が拒否するに違いない。

その間、新人二人が追い上げてくる。菅原さん、もうこれで駄目か、と思った時、彼女は体を大きく揺らし始めた。時々、ストンというような動作をする。こうして食べ物を下に落としていくらしい。

そして再び箸が動き始めた。それは感動的なシーンであった。ふだんの菅原さんは、眼鏡をかけた、ふつうの四十五歳の女性なのだが、この時は本当に美しく見えたのである。それを苦痛にゆがませることなく、ラーメン二十二杯を完食した。悲願の引退は今回もならなかったわけだ。

もし何年か先、菅原さんが引退する時、「卒業」なんて言ったりしたら、私は本当に怒るよ。許さないからね。

……

南の島

その島のことを話してくれたのは、この連載でおなじみの、作曲家三枝成彰さんである。

「釣りで、南大東島へ行ったんだけどさあ、いやあ、楽しかったなあ。人口千三百人しかいないのに、飲み屋は二十五軒もあって、どこもにぎわってんだ。サトウキビで儲かってる島でさあ、離島でいろいろ優遇もされてる。だから、みんなのんびりしていてすごく楽しそうなんだ」

さらに続ける。

「島は中学までしかなくてさ、高校は沖縄本島へ行く。そこでみんな恋人つくって、卒業を待って結婚するんだ。そして三人ぐらい子どもつくって離婚。そして島に戻って再婚、また三人ぐらい子どもつくるんだよ。あそこに、もう少し長くいたら人生観変わると思うよ。子どもをいい大学に行かそうとか、いい会社に勤めさせようなんてまるっきり思ってないんだ。そういうことを考えなければ、自分の人生は、どれだけ楽になるかって、つくづく思ったね」

感激屋のサエグサさんは、多少ものごとを大げさにいうきらいがある。

「ふーん、そういうところもあるんだ」

と思ったものの、その時はそう気にもとめなかった私。

しかし今年、新聞の連載小説が始まった時、ふとひらめいた。

「そうだ、副主人公の出身地を、南大東島にしよう」

この小説には、ミエっぱりの学歴を重要視する母親が出てくる。高校を中退した自分の息子を、

「人生の落伍者」

と決めつけるような母親だ。その息子の結婚相手に、お母さんと正反対の女性を登場させたい。学歴や肩書きにいっさい興味を持たない、自分の価値観で生きる女性……。

「そうだ、南大東島出身にしよう」

ということで、三枝さんにあちらで知り合った人を紹介してもらい、ひとり南大東島へ旅立つことにした。

本来なら編集者が同行してくれるのであるが、こんなご時世だし、なにかとめんどう

くさい。ひとりで飛行機やホテルのチケットを予約していたら、直前になり急に心細くなった。

話のついでにパーソナルトレーナー、ミヤギさんを誘うことにした。彼女は自宅のある沖縄と東京をいったりきたりしている人だ。これは後に思わぬいい結果となるのである。彼女のご主人のおじさんはエラい人で、島に銅像があった。

さて、南大東島は那覇から一時間ほどかかるという。

「沖縄の人間でも、この島に来た人はめったにいない」

とミヤギさんが言うが、たぶんそうなのであろう。

三日間のうち、一日は観光ガイドを頼むことにする。これはミヤギさんのご主人の、友人の奥さんが引き受けてくださった。

さて一日め。那覇から飛行機に乗り、南大東島へ向かう。プロペラ機で、乗員は三人しかいない。飲み物類は出ないで飴が一ケだけ配られた。

そして南大東島上陸。空港もびっくりするぐらい小さい。タラップから降りて、歩いて空港の建物に向かう。これは小さな二階建てだ。空港ではホテルの主人夫妻が迎えてくださる。といっても、自分のところのお客さんにはみんなそうしているそうだ。なにしろバスはおろかタクシーも一台もない。ホテルのバスは、重要な交通手段だ。

ホテルは小さな四階建てである。昔、秋篠宮さまがいらした時、急きょ改築したという。夕食はホテルでとり、その後、みなでお酒を飲みに行った。明日、島を案内してくれることになっている女性二人が、待ちきれなくてホテルに訪ねてくださったのだ。

みなで島でただひとつのビヤホールへ行く。オリオンビールの生がおいしい。ゴーヤチャンプルーも、島らっきょうも、とてもおいしい。

気がつくと、奥さんのご主人たちも混ざって次第に盛り上がってくる。とても興味深いお話を聞いた。公務員がこの島にくると、二十五パーセントの離島手当てが出る。そして税金も優遇される。だから、

「島に来たら、三年で一千万円貯まるって言われてるのよ」

そしてビヤホールのママのお嬢さんは、琉球大学へ進み、大学院へ行ったそうである。この島の誇りらしい。

「子どもに学歴をつけさせてやろう、なんて誰も思わない島だってサエグサさんは言ってたけど、ちょっと違うじゃん」

やはり現地に来ないとわからないものだ。

二日めは、唯一残るジャングルを探険したり、ラム酒工場を見学したりした。

そして夜、

「朝まで帰さないからね」

と奥さんに言われ、覚悟を決めた。とことん飲むことにする。

私も人のことなどまるっきり言える立場ではないが、この島はメタボ体型の人が多い。ほとんど車しか使わないし、飲み喰いの量がハンパではないのだ。夜ともなると、みんなホテルのまわりの飲み屋街に出かける。今夜は近くの居酒屋で食事をすることにした。奥さんが島のエンターテイナー、ハマちゃんを連れてきてくれた。この方は役場の職員なのであるが、同時に三線《さんしん》と歌の名人なのだ。さっそく三線をひいてくださる。伸びのあるとてもいいお声であった。

その後はカラオケスナックへ席を移動した。この土地の人たちの、歌のうまさにもびっくりする。ふつうの奥さんだと思っていたのに、プロ級の歌を披露してくれるのだ。

「そりゃ、そうだよ。うんと元手がかかってるもん」

もうひとりの奥さんがバラした。毎晩のようにカラオケに通っているそうだ。みんなお酒は強い、なんてもんじゃない。午前サマ近くまでつき合い、私はやっと解放された。つくづく思う。

「なんて体力がいるところなんだ」

続きは来週。

………あれ以来の花見

よくヒトさまに言われることがある。

「ハヤシさんっていいわよね、チャッチャッと書けば、すぐお金を貰えるんでしょ」

原稿料の振り込みはずっと後で、チャッチャッといかないこともある。それなりに頭も体力も使っているということを知ったのは先週のこと。

長野に住む料理研究家の方からお誘いをいただいた。

「ちょうど桜が満開になると思うので、ぜひいらしてください」

私としては〝花より団子〟の心境で、桜もいいが、その方のつくる料理の方が魅力的だ。さっそくお邪魔することにした。考えてみると、四日続けての花見である。

しかも夕方は渋谷のお鮨屋さんで、別の友人からの誘いがある。ここのところ花見でうかれていて、原稿がかなりたまっている。軽ーくいただいてシラフで帰ろうと思っていたのであるが、後から遅れていらした和田秀樹先生が、いつものようにワインを持ってきた。

「イケムでつくってる白です。めったに手に入りませんよ」

「じゃ、これも出しちゃおう。さっき買った、玉村豊男さんのワイナリーでつくってるシャルドネ」

　料理研究家の方が、玉村さんの農園へ連れていってくださったのだ。その規模にびっくりした。レストランにギャラリーもあり、売店では画家でもある玉村さんがお描きになった素敵なポストカードや食器も買える。お客さんもいっぱいだ。あいにく玉村さんはお留守であったが、奥さまが白ワインをご馳走してくださった。それがあまりにもおいしかったので一本買い求めたのだ。高い種類だったので五千円する。国産にしてはかなりいいお値段だ。わが山梨ワインでこの値段のものにおめにかかったことがない。よほどの自信作とみた。なんでもコンテストで金賞をとったそうだ。

「そんなわけでさ、このシャルドネも飲んでみてよ」

「わー、結構いけますね、おいしいですね」

などという会話があり、結局三人で二本飲んでしまった。いつもならどうということもない量なのであるが、一日陽の下にいたせいかものすごくまわりが早い。家に帰りお茶を飲んで、とにかく原稿用紙を広げた。まずは「週刊文春」のエッセイから。そう、南大東島のネタがあるから、すぐに書けるはず……。

ところがどうだろう、書けども書けども、少しも進まないのだ。それどころか、頭の中で次の言葉が浮かんでこない。いつもなら、のってくると、頭と手が直結してくれ、さらさらと動くものが、まるっきり止まったままだ。それでも何とか書き終え、真夜中にファックスで送った。

そして次の日、ゲラを見てうなってしまった。面白くない。文章のリズムもなければオチもない。文章のつながりがよくわからないところがいっぱいある。手を入れ、いろいろ直してみたので、倍ぐらい時間がかかった。

「ああ、ちゃんと全力を使って書かなかった報いだわ」

と本気で嘆いたのである。

ところでこの長野の花見の前日、恒例の桃見の会があった。私の故郷山梨の、桃畑の中でバーベキューをしたり、ほうとうを食べる行事だ。帰りに親しくさせていただいているワイナリー、原茂《はらも》ワインに寄り、甲州種とシャルドネ種のワインを一ダース買った。南大東島へ送るためである。

あちらでの二日めの夜、三軒めのカラオケスナックへ行ったところ、地元の方が払ってくださった。

「そんなわけにはいきません」

「いいの、いいの。その替わり、山梨からワインを送ってね。みんなで宴会するからさ」

一緒に飲んでいた中に、ホテルのオーナー夫妻もいて、

「うちに送ってくださいよ。四階の食堂にみんなで集まりますから」

ということに、いつのまにか話が決まったのだ。

南大東島の物見の塔にのぼった。ここから島が一望出来る。ほとんどが開墾されている。移住した島の方たちの血のにじむような努力の結果だ。熱帯林はほんのちょっぴりしか残っていない。海は日本一綺麗、ということであるが、残念ながら断崖に囲まれている。第二次世界大戦中、アメリカ軍がついに上陸を諦めたというすごい絶壁だ。海岸が全くない。早い話が、観光の目玉になるような自然があまりないのである。その代わり、非常にユニークで人情味溢れた島人の人柄がこの島のウリだ。たった三日間の滞在だったのに、私が帰る時には空港に何人もの人が送りに来てくれた。ホテルのオーナー夫妻と子どもたち、車で案内してくれた公務員の奥さんたちに、島を盛り上げるＮＰＯの方。

みんな黒砂糖や揚げたおイモといったお土産を持ってきてくれた。飛行機へ向かうため、歩いていると（空港がとても小さいので、建物から出てタラップまで歩く）、屋上でみんなが手を振ってくれているではないか。

「マリコさーん、また来てねー」

私は泣きました。こんなに人にやさしくお別れを告げられたことはない。

そして旅行中、こんなにお酒を飲み続けたこともなかったような気もする。島の人たちは、本当にお酒が好きだ。歌も大好き。誰かがお店に三線を持ち込んで歌ってくれる。どんな田舎町でも必ず見かけられる「公文教室」の看板がこの島になく、あるのは「民謡教室」の目印だ。三つから中学生までの女の子が、三線を鳴らし、素晴らしい沖縄民謡を歌ってくれた。男の子たちに人気があるのは、南大東太鼓で、そのバチさばきはプロ並みである。

あの日以来、私の中でなかなか消えない南国気質。ひたすら花を愛《め》で、お酒を飲む習慣をつけてしまった。今年は桜が長持ちしたこともあり、何回も花見と称してうかれていた。もう葉桜となっているのに、明日も友人のうちで花見のパーティーをする。このせちがらい東京で、これは本当に困る。

……

私の主観

知り合いが言った。

「私がよく一緒に仕事をしている会社の人に、ハヤシさんの大ファンがいるんです。しかもその人、すっごいイケメンなんですよ。ハヤシさんといっぺん、ご飯食べたいなァっていつも言ってます」

「イケメンっていうからには、その人、男性よね」

私は念を押した。男性で、イケメンで、私の本を読んでくださっている、という方は非常に珍しい。こういう方は大切にしなければ。

「それじゃ、お食事しましょう」

私は言った。こういう時、とてもフットワークが軽いのが我ながら不思議だ。

「夜はちょっと無理なので、ランチでもいかが？　どこかお店を予約しますから、そちらの都合のいい日を出してね」

と、いつになくてきぱきとことを進める。そして銀座の某レストランで、友人も含めてお食事をとったのは昨日のこと。彼は三十代のバツイチである。前の奥さんとは結婚してすぐに別れたそうだ。

「彼女はあっという間に荷物を引き上げたんですけど、本棚にはハヤシさんの本が何冊も残ってました」

「まっ、私の本は持ってってくれなかったってことね」

「いや、女心を少し勉強しろっていうメッセージだったんじゃないですか。それでその夜初めてハヤシさんの本を手に取りました。『不機嫌な果実』でした」

「ふむふむ」

「それから、本棚にあったハヤシさんの本を一冊ずつ読んでいってハマったんです。夜、ひとりになったもんですから」

と、彼は面白くとても感じのいい方であった。が、帰り道、知り合いの女性にちょっぴり嫌味を言う私。もちろん半分冗談だが、

「あのさ、今日は確か、イケメンと食事っていうことだったよね」

「すいません。私の主観ですから」

と彼女は言った。

「私の主観」、何と便利な言葉であろうか。すべてはこのひと言で許されるのではなかろうか。

さて、話は全然変わるようであるが、私は週に一度加圧トレーニングに精を出している。ある時、若い女性と一緒になったことがある。私よりもはるかに真剣に、まなじりを決してトレーニングに励む女性。

「あの人、本当に頑張ってるんです」

トレーナーが言った。

「それまではおばさん体型で、年よりもずっとフケてたんですって。三十四歳なのに、コンビニのレジで、五十歳のところにキイを打たれたことがあって、それがすごくショックだったみたいです」

「へえー、そんなものがあるんだ」

と私は強く興味を持ち、それ以来、コンビニの店員さんの手元をじっと見るようになった。そしてあることに気づいた。お金を払い、レシートをくれる時のことだ。数字のところとは別のところに、縦に一列数字が並んでいる。それはどうも、10、20、30、40、50、となっているようだ。統計を取るために、店員さんが客の年齢を打っているようなのである。

店によって違うだろうし、いや、そんなものはない、と言う関係者もいるかもしれない。が、私は確かにそういうものが存在しているという証言も聞いた。とにかく私は、品物を買う時、店員さんがどこを押すか、しっかり見ていたのである。すると若い男性は、ごく無造作に、いちばん下のキイを押すではないか。つまり五十代以上ということである。

頭にきた。本当に腹が立った。年よりもずっと若く見えると言われ、自分でもそれを疑うことはなかった。それなのに若い店員はしっかりと実年齢をあてているのである。

それから私は、コンビニに行く時、服装に気を遣うようになった。家の近くだと気を許し、スッピンにボサボサの髪がよくなかったかもしれないと反省した。その後はきちんと化粧をし、スカートをはいて出かけた。しかしキイは、やはりいちばん下を打たれたのだ。

それからは意地となった。撮影のためにヘアメイクしてもらった時も寄り、子連れでも寄り、生理用品も買いに寄った。それでも必ず打たれる「五十歳以上」のキイ。

「なぜそう見えるのか、きちんと説明しなさい」

ある日、そう言って店員に詰めよる自分の姿を思い浮かべ、ちょっと怖くなったことがある。そして次の日のこと、全く化粧もせず朝、いつものコンビニに寄ったら、若い女性が立っていた。そして無造作に、「四十」のキイを押すではないか。とても嬉しかった。しかしやがてその嬉しさが空しくなり、それからはレジをのぞくように見るのをやめた。

店員さんは何も悪くないのである。ただ自分の主観を述べているだけなのだ。とはいうものの、この主観を見せられるのはかなり不愉快なものである。

ところで人の主観がいちばん左右するものといえば、やはり食べ物の好みではなかろうか。美人も主観というものによって左右されるようであるが、やはりスタンダードというものがある。誰もが美人と思うためのセオリーもある程度ある。

しかし食べ物だけはスタンダードがない。その人がおいしいといえば、それはおいしいものなのだ。

うちの近くに、あまりおいしくない中華料理店がある。どうやさしい気持ちで食べても、やはりまずい、としか思えない。しかしある料理評論家の方が、ここをおいしいと激賞していることに驚いた。

私が思うに料理の評価には、

「私の主観だから」

と逃げられない厳しさがあるのではなかろうか。いちばん主観的なことなのに、ハズレは許されない。膨大な数の人々の「主観」を引き受けなくてはならないのだ。その人の勧める店がハズレだった時、「五十」のキイを打った店員と同じくらい、私はその人のことを恨むからである。

五十のキイを打たれてる私には、もう食べることしか楽しみがない。よろしくお願いします。

総括のとき

物書きのサガというより、私個人の資質であろうが、人が、いい、いい、と言っているものはどうしても見たくなる。なんでそんなに人気があるのか知りたくなる。

上野の国立博物館へ、阿修羅像を見に行ってきた。ニュースで「三時間半待ちの行列」と聞くたびに、この天平の美少年にどうしても会いたくなった。ちょうど閉館日をあてて、某新聞社の特別招待日があったのは幸運であった。ゆっくりと美少年のまわりを五周し、後ろ、横から拝見させていただいた。

この凜々しく気品に充ち、しかも愛敬がある少年、どこかで見たことがあるとよーく考えたら、そお、十代の貴乃花関にそっくりではないか。当時の大ブームも当然のことと頷く私。相撲が強いうえに、日本人が大好きな顔をしていたのである。

というようなことを友人に話したら、彼女がつまんなそうに言った。

「みんな、どうして行列してまで見に行くわけ。あれは奈良の興福寺行けばいつでも見られるよ、そんなに混んでないしさア」

確かにそうかもしれないが、やはり気分の昂《たか》まりが違うのである。

そして話は前後するが、五月九日は森光子さんの「放浪記二千回達成」の日であり、八十九歳のお誕生日であった。さすがにこの日のチケットは無理だろうと思っていたところ、友人がいろいろ手を尽くして二枚手に入れてくれたではないか。それだけでも興奮しているのに、朝からNHKは特別番組を組み、こちらの気分をさらに昂めてくれるのである。終わり頃には、

「開幕まであと一時間半です。この記念すべき日のカウントダウンが始まりました」

とあおるので、

「私も行くのよー、もうじき行くわよー」

とテレビに向かって叫びたいような気分になった。

画面には森さんのインタビューが映し出される。多くの人が感じていただろうが、昨年から今年にかけての森さんはかなり「やばかった」。目に生気がなく、受け答えはちゃんとしてらしたものの、心ここにあらず、といった感じだったのは否めない。新聞の投書欄にさえ、

「あまりにも年老いた芸能人を、テレビでさらし者にするのはいかがなものか」

といった指摘の投書が載ったと記憶している。ところが公演が近づくにつれ、顔も表情もずっと生き生きとされ、どんどん「若くて綺麗な森光子さん」になっていくではないか。

が、以前と確かに変わったところがある。九十歳というお年を目前にして、ちらりと本音をお出しになったことだ。私も対談などで何回かおめにかかったことがあるが、森さんというのは実に気配りのいきとどいた方である。こんな大女優がどうして、と思うほどそのお言葉は謙虚さに満ちみちている。いつだって、

「皆さんのおかげです。運がよかったんです」

という内容であった。その森さんが意外なことを口にされたのだ。

「(もし他の人がやるというのなら) やれるなら、やってみなさいよ、と言いたいですね。私が工夫して、私がつくり上げた役なんです」

もうこういうことを言っても、何の嫌みもないと判断されたのであろうが、確かにそのとおりである。

さて開演十五分前に、帝劇へ行ったところ、まわりはすごい人だかりの上に、テレビクルーもいっぱい。この日にやってくる有名人を撮るためだ。黒柳徹子さん、王貞治さん、中村勘三郎さん、和田アキ子さんら有名人がずらり並んで前の席にお座りになった。もちろんジャニーズ事務所の方たちも何人も来ていた。

いよいよ幕が開く。森さんの登場に大きな拍手がわいた。森さんは腰こそ少々曲がって見える時もあるが、若い娘の声と雰囲気をちゃんと持って演じているのに驚いた。カフェのシーンでは、蓮っ葉で生命力豊かな林芙美子になっているのだ。

秀逸なのは、やはり中年になってからのシーン。私はこの「放浪記」も過去五回見ているが、今回いちばん腸《はらわた》にしみるような感じがした。命を削るようにして書かなければいけない作家のあさましさや哀れさと共に、もうじき死にいく人の予兆のようなものがちゃんと表れているのだ。最後にうたたねをするシーンでは、はからずも涙がこぼれ落ちそうになった。人間は生まれ、死んでいく。その間にたとえ栄光というものがあったとしても、ほんの彩りに過ぎないのではないか。人間は死ぬ日に向けて生きていくのだと、しみじみと思わせるシーンであった。

大きな拍手と共に幕が降り、再び上がった。森さんはうたたねの姿勢から起きて、お辞儀をする。全く無言で、右手を上げ、次にゆっくりと左手を上げる。客席は深い静寂に包まれた。しわぶきひとつ、拍手ひとつしない。みなどう反応していいかわからなかったのだ。それほど森さんの様子は鬼気迫るものであった。目が全く死んでいるのに燃えていた。まるで死人が泉下から甦ったかのようだ。友人も後になって、

「本当にあの時、怖かった……」

と言ったものだ。誰かが「日本一」と掛け声をかけてくれ、やっと客席は生き返った

ように拍手が起こり、スタンディング・オベーションになった。その後はジャニーズの人たちに囲まれ、ニコニコ別人のように微笑んでいらしたが、あの日の森さんは本当に人間の力を超えていたと思う。それぐらいすごかった。

ところでひとり暮らしをしている九十四歳の私の母が、こんな歌を推敲中であった。「婚活《こんかつ》や就活《しゅうかつ》にいそしむ人々横に見て　我ひたすらソウカツに励む」「葬活」だという。が、私は総括の方がいいと思う。

森さんの舞台を見て、この歌を思い出した。もちろんもっともっと長生きして、これからも総括のときをゆっくり見せていただきたい。今日は「ルーブル展」に行ってきた。私も〝その日〟まで、好奇心に励むのだと心に決める。

………京都は教科書

京都に住む麻生圭子さんからメールが届いた。

「今年も葵祭にいらっしゃいませんか。私がすべてアテンドします」

実は昨年のこと、麻生さんのおかげで下鴨神社の来賓席にご招待してもらい、式典を間近に見ることが出来たのである。

「この他にも行きたいところがあったら、何でも言ってね」

というまた有難いメールがあり、私は雑誌の切り抜きをファックスで送った。その切り抜きというのは、渡辺淳一先生が「週刊新潮」に書いていらしたエッセイだ。「風俗博物館」というところで源氏物語に出てくる六條院が模型でつくられ、それがとてもよかった、という内容である。

「私もここに行きたいんだけど」

「ハヤシさんの源氏物語の参考になりますよね。わかりました。任せておいてくださ い」

麻生さんはてきぱきとことを進め、一泊二日のスケジュールまできちっと作成し、私に送ってくださったのである。

さて木曜日、東京でいろいろ仕事があった私は、夕方の六時にやっと京都に到着した。夕食は禅寺の精進料理。はっきり言って野菜だけの精進料理は、私のような大食いの者にとってはややもの足りなかった。しかしここのバーが素晴らしい。本殿の横にある十席ほどの小さな店なのであるが、庭がライトアップされているし、曼陀羅《まんだら》はすぐ後ろにあるしと、不思議な空間だ。

さて次の日も、麻生さんと待ち合わせて下鴨神社へ。昨年も特等席で見せていただいたが、今年は何やらものものしい雰囲気である。

葵祭では、斎王代《さいおうだい》というヒロインが行列の中心になる。平安時代の装束で輿《こし》に乗る。未婚の女性が扮するのであるが、毎年京都の名家のお嬢さまから選ばれることになっている。これはとても名誉なことであるが、ものすごいお金がかかるそうだ。京都では斎王代をしたお嬢さんは特別視され、

「美人で、お金持ちのええとこのお嬢さま」

と、縁談が降るように舞い込むとか。私の友だちの池坊美佳ちゃんも何年か前に斎王

代をしたが、お家柄とその美貌とで大きな話題となり、いろんな雑誌のグラビアを飾ったものだ。

今年も裏千家のお嬢さまが選ばれたということで、京都の人たちは興奮している。

「ほんまのお姫さまや。斎王代の〝代〟はいらへんわ」

なにしろお父さまは裏千家家元、お母さまは三笠宮家のご出身だ。気品ある美しい斎王代さんを見ようと、いつもより見物人は多いという。たいてい代理をたてる京都府知事や市長さんも、モーニングコートに身を正している。お孫さんの晴れ姿を見ようと、三笠宮妃殿下もいらっしゃっているからだ。こういう方々のために御簾《みす》が立てられ、まさに平安の時代さながらの雰囲気だ。その時代、高貴な方々は決してお姿が見えないようになっていたのである。

さすが京都だなアと、私は次第に嬉しくなってきた。が、クライマックスは祭りではなく、このあとにあったのである。

祭りの後に行った「風俗博物館」は、堀川通の井筒法衣店のビルの中にある。私としては入場料を払ってふつうに見るつもりだったのであるが、京都中にコネを持つ麻生さんは、ここの社長さんとも親しかった。九代目社長は私と同い齢、京都だけにいる、ぶっとんだカッコいい御曹子である。耳にダイヤのピアスをしていて、英語がめちゃくちゃうまい。博物館に来ていた外国人に、ジョークを混じえながら説明していた。

「留学されていたんですか」

「いや、ハワイでサーファーしてたんです」

が、麻生さんが後で教えてくれたところによると、京大で生物学を専攻していたそうだ。この方が言った。

「ハヤシさん、この後十二単《じゅうにひとえ》着てみようよ」

と別の建物の社長室へ。ここがとても素敵な隠れ家で、ビルの中には古書とワイン、自転車と社長の趣味がいっぱい詰まっている。ここで特別に十二単を試させてくれるのだ。

床の上にシートを敷き、山崎流の着つけを心得た女性が、本格的な装束を一枚一枚着せてくれる。二十枚は着る。身動き出来ない。

「これでコトにおよぶ時、どういう風に脱いでくんですか」

「渡辺淳一さんもそうだけど、作家ってどう着る、じゃなくて、どう脱がせていくかに興味持つんだね」

社長は笑った。

「この袴、たっぷりしてるから、右足を抜いて、左足の方に入れてみて。するとほら、スカート状になって、カンタンでしょ」

「あ、本当だ」

上着の何枚も重ねたものも、すっぽりと脱げるではないか。これで「朧月夜」のシーンも理解出来る。ちょっと酔って歌を口ずさみながら歩いているお姫さまを、源氏が物陰にひっぱり込んですばやくそういうことをする。なるほど、これならカンファタブル！

「ハヤシさん、床の上でごろごろしてみて。あぐら組んでみて。そしたら決して十二単が窮屈なもんじゃないってわかるから」

社長のおっしゃるとおり、横たわったり、扇で遊んだりするうち、すっかりその気になってしまった私。こういう時、私はすぐにかなり本気になるから、傍の人たちはコワイらしい。

「あれー、光君さまー、およしになってー」

とひとりでもだえ、悲鳴をあげ、気づいたら社長も奥さんも、麻生さんも唖然とした表情になっていた。が、なんという貴重な体験。私は家に帰り連載の「六条御息所　源氏がたり」のゲラをこう変えた。

「男君は一枚一枚脱がし」を、

「すっぽり脱がし」

にしたのである。

全く京都は教科書だ！　麻生さんは教科書を配ってくれる学級委員になってってね。

一般の方

なんかダウンタウンの松ちゃんの結婚報道にはがっかりしてしまった。

「相手は一般女性」ということで、報道を封じ込めようとしたからである。が、すぐに「お天気お姉さん」ということがわかり、あとはなし崩しに、女性の顔やプロフィールがじゃんじゃん出てきた。最初からそう言えばいいのに、スターと呼ばれる人がちょっとセコいではないか、記者会見ぐらいどんとやってよ。

それにしてもいったいいつ頃から「一般の方」は出てこないことになったんだろうか。

芸能レポーターのある人が証言していたが、

「西田ひかるの結婚の時」

からなんだそうだ。

昔はこうではなかった。私の時なんか夫はお堅い理系のサラリーマンで、まさしく

「一般の方」であったのに、家には押しかけるわ、学生時代の写真は載せるわ、彼の知人の談話はとるわと、プライバシーも何もあったもんじゃない。結婚式も当然のようにツーショットを要求され、とても断れるような雰囲気ではなかったと記憶している。私なんか局からお金を貰うわけでもなく、仕切ったり守ったりしてくれる事務所があるわけでもなく、当日の人の整理はみんな編集者の方々が厚意でやってくれた。

途中で夫はキレかかり、私は何度謝ったことか……。

そうそう、私より後に、当時人気絶頂だった若ノ花関が婚約したが、あの方もかなり嫌な思いをしたはずだ。婚約する相手は、とても綺麗な客室乗務員さんであったが、記者会見の時の、おっとりとした受け答えが揶揄《やゆ》の対象となったのだ。彼女について是非をとる週刊誌の記事まで組まれ、非難の対象となったブランド品やアクセサリーについて、

「自分が働いて彼女にプレゼントしたものだ。何か文句あるのか」

若ノ花関は、こんなコメントを口にした。よほど腹に据えかねたのであろう。

あの頃、有名人の配偶者というのは、話題になればなるほど世の中の俎上《そじょう》にのせられる運命にあった。芸能人同士、有名人同士よりも、一般の人々が興奮し、もっともっと知りたがるのは、相手が普通の人の場合であろう。たとえばスターといわれる人が、「ふつうのお嬢さん」といわれる人と結婚するとする。すると、嫉妬という風を得て、

ものすごい早さで噂が走る。

「お嬢さん、なんていうけど本当は違う」

「女子大時代、遊び人で有名だった」

などというのがお決まりのパターンである。特にあの方の場合はすごかった。あの時の女たちの反発というのは、日本の女性を考える時の大きなエポックになるような気もする。

このあいだある集まりで「和光」という名前が出た時だ。

「あの和光ね！」

そこにいた中年の女性四人が、全く同じことを思い出したのだ。

「柔道の山下さんと結婚した、あの女の人が勤めていた和光よね」

何かあの時、私のまわりの女たちはみんな怒っていた。国民的ヒーローのお嫁さんにはふさわしくないとみんな口々に言ったものだ。

男のマスコミの人たちが鼻の下を長くして、

「山下選手がこんな美人を射止めて」

などと書きたてたのも気にくわなかったのである。

「射止められたのは山下選手でしょ。だいたいさ、売り場に立っていて、職業上知り得た有名人の住所に、自分の写真を添えて手紙を送りつけるなんて、どういう根性なの？

働く女の風上にも置けないわよッ」

というのが彼女たちの言い分で、私も結構、いろんなことを書きまくっていたような気がする。まだ若かったのだろう。それから十年以上たち、イチロー選手が女子アナと結婚した時、まわりの女たちはやはり怒り狂っていたが、もはや中年となった私は、全くその気持ちがわからない。

「どうしてそんなにむかつくの？　自分がイチローと結婚出来るわけじゃなし」

としごく冷静になっていたものだ。

が、月日は変わり、結婚する芸能人の方々は、相手を見せない。教えない。宮沢りえちゃんのお相手なら、日本中みんなが知りたいことなのに、あんなに隠すなんて残念だ。そう、阿部寛さんの相手も知りたかった。だが「一般の方」というのは、もはや錦の御旗となり、絶対的な不可侵なものとなった。それだけ「一般の方」というのはエライのだ。対するに芸能人や有名人というのは、日頃すごくいい思いをしているので、いざとなったらイヤなめに遭っても仕方ない、という暗黙の了解がある。

が、少し前まで外資の金融に勤める「一般の方」は、ものすごいお給料を貰っていた。ごく親しい人（四十代）から、

「年収は一億ぐらいありますけど……」

と聞いた時の驚き。有名人で一億稼ぐ人は何人もいるが、そういう人たちは世間の矢

面に立たされ、顔と名前を知られ、あることないことを言われ、書かれ、嫌な思いをかなり味わう。その代償としての高収入と言えるだろう。が、世間には同じぐらい収入があっても匿名でいられる「一般の方」がとても多いのだ。

こういう「一般の方」は、マスコミに出る時は「さん」がつく。文化人と呼ばれる人たちは、つく時とつかない時がある。芸能人はまずつかない。つくのは亡くなった時と病気の時ぐらいだ。

が、不思議な例があり、「女性セブン」において、叶姉妹は永遠に「さん」づけである。テレビに出まくっても、映画で主演しても、ヌード写真集を出しても、彼女たちのスタンスはあくまでも、

「素人の方々、芸能人でない一般の方がお遊びでやっていらっしゃること」

ということらしい。彼女たちのデビューの時のお約束のまま改訂されていないのか。よくわからない。「一般の方々」の意見を聞きたいものだ。

………エンジン、訓練所に向かう

私の所属する文化人の団体「エンジン01《ゼロワン》文化戦略会議」では、年に何度か中学校や高校で出張授業を行なっている。

数人でチームを組み、たとえば、三枝成彰さんが音楽の授業を、藤原和博さんや和田秀樹さんが社会、私が国語を担当する。ご要望があれば北海道だろうと、沖縄だろうとどこでも行く。もちろん一銭もいただかない。交通費もこっち持ち。

私たちがこんなことを出来るのも、幾つかの企業に寄付をいただいているからだ。特に日本航空さんからは、

「教育にかかわることならば」

と、年間かなりの額の無償チケットをいただいている。本当にありがとうございます。

そして今年も寄付のお願いに、三枝幹事長と日本航空本社にうかがった。どこの企業

も大変な時であるが、

「何とかしましょう」

というお返事に、私も三枝さんもホッとする。この後広報部の方々と雑談している最中、私はこんなことを思い出した。

「そういえば、JALの訓練センターで、ミールサービスがありますよね。あれ、まだやってるんですか」

「はい、まだやっています」

あれはもう二十年も前のことになろうか。当時教官をやっていた、幼なじみのサナエちゃんから電話があった。

訓練所では、実際の飛行機の席と同じものがつくられ、食事を出す練習をするという。スチュワーデス（当時はそう呼んでいた）が、かわるがわる客になるのであるが、手間のかかるファーストクラスではさらに本番に近くするため、一般人を座らせることがある。このため知り合いの人たちに、客になってくれるように頼むというのだ。あの時、編集者の人を何人か誘ってお客の役をし、ワインのサービスや簡単な食事をいただいた記憶がある。

「もし、よかったら、うちのエンジン01のメンバーを、練習用の客に何人か出しますよ。いつでもおっしゃってください」

「そうですか、それはぜひ」

ということで話はトントン拍子に進んだ。

が、よく考えるとひどい話である。 私はチケットのために、仲間を売ろうとしたのである。

しかし仲間を売ろうとした私に、メンバーのみんなはやさしかった。

「新人のCAのために、ぜひご協力いただきたい」

と定例会の時に言ったところ、何人もの手が挙がったのである。三枝さんに山本益博さん、そして吉村作治さんも、

「あ、僕、行きたい。僕さ、ファーストクラスって乗ったことないから、一度嘘でもいいから乗ってみたいんだ」

と言ってくださった。

それが三日前のこと。残念ながら吉村先生はエジプトにいらして欠席されたが、羽田空港に、五人のメンバーが集った。

空港の端っこで待っていると、やがて一台のクルーバスが。まるで遠足のようだ。そして私たちはかなり厳重なゲートをくぐり、羽田の訓練センターへ。入り口には訓練センターの所長さんや、今やマネージャーとなったサナエちゃんが待っていてくれた。

前回のミールサービスの時とは違い、今回はいろいろなところを案内してくださるの

だ。メイキャップ教室から救命措置の訓練室、英会話のＬＬ教室へ。ここで外国人の先生から、実際に英会話のレッスンをちらっと受ける。発音が悪くて恥ずかしいっす。

途中サナエちゃんが私にささやく。

「ローカルな話題でなんだけど、私たちの同級生のＡ子ちゃんの娘が、今、ここで訓練中だよ」

小・中・高と山梨で共に過ごしたＡ子ちゃんは、頭がよくてキレイなコだった。そのお嬢さんならＣＡになっていても不思議ではない。

別の階へ行くと、そこには巨大な飛行機の一部が横たわっている。実際のサービスを訓練するため、同じ席がつくられているのだ。何人ものＣＡの方々が制服姿で席に座り、訓練の最中であった。ビジネスクラスのサービスの訓練だ。役割が決められていて、一人のＣＡは、

「主人の気分が悪いので、食事は結構です」

こういう時はどうしますかと、教官の女性が尋ねた。

「ご主人さまにはお水を差し上げます。それからご気分がよくなられたら、何でもおっしゃってくださいと声をおかけします」

真剣にメモする訓練生。

「たかがメシを出すだけじゃないか」

という人に、この訓練の様子を見せてあげたい。ワインの籠を持つ際、柄をくるむリネンの向きまで厳しく注意されていた。まさに茶道の「袱紗《ふくさ》さばき」の世界である。若いCAに向かって、教官の方はこう言う。

「マニュアルどおりの言葉では、お客さまの心に届きません。最後のご挨拶では、お客さまをずっと気づかっていたことの感想をちゃんと言いましょう。お疲れのご様子でしたが、ゆっくりされましたかでも何でもいいんですよ」

その確かな指摘に、私はすっかり感動してしまった。が、三枝さんは見学にすぐに飽きてしまったようで、早々と歴代の制服を並べてある所に行ってしまった。

「そう、そう、この制服の時代のGFがいたんだ」

とサナエちゃん相手に昔話にふける。

エプロン姿で、飲み物サービスの訓練をしていたA子ちゃんのお嬢さんも発見。私らもしばし思い出にひたる。

そして教官の方々によるミールサービスはさすがであった。が、山本益博さんは、ワインの温度についていろいろ指摘していた。

「またエンジンの精鋭メンバーを送り込みますぜ」

と、私はサナエちゃん相手に売り込みをしたのである。

....

英雄の取り扱い

文化人の団体、エンジン01、今年のオープンカレッジは、十一月に高知で行なわれることになっている。お酒と食べ物がおいしいところなので、今から本当に楽しみだ。

高知といえば坂本龍馬。みんなで打ち合わせをしている時に、秋元康さんが言った。

「龍馬のミュージカルをしようよ。昔の文士劇みたいなやつ。これだけのメンバーがいるんだから、脚本だって、作詞だって、曲だって出来るじゃん」

なるほどとみんな大賛成したのは、既にお話ししたと思う。それで着々と計画は進んでいるのである。まだ配役は決まっていないが、スタッフは超豪華だ。なにしろ脚本は中園ミホさん、そして作詞は秋元康さんに湯川れい子さん、作曲は三枝成彰さん、千住明さん他四人、日本を代表するすごいメンバーが引き受けてくれるのだ。

今日は高知大会のポスターとCM撮りが行なわれた。実行委員長の和田秀樹さんが龍馬、私は妻のおりょうに扮することになっている。別バージョンとして、龍馬の浅葉克己さん、私のおりょう、というのもある。

しかしこの顔ぶれだといつものパターンである。

「茂木健一郎さんの龍馬、勝間和代さんのおりょう、っていうのもいいんじゃない。今、超売れっ子の二人の組み合わせならみんな喜ぶよ」

さっそくお願いしたところ、ご快諾をいただいた。おりょうになって、キセルを吸う勝間さんが、まるで女優のように美しく、ため息がもれたほどだ。

しかし、もう一人のおりょうになる私は言うまでもなくカツラが似合わない。着物に羽織をまとったら、オカマショーのデブの三枚目のようになった。

そしてミュージカルの打ち合わせも深夜まで続く。脚本の詰めをみんなでしていた時だ。ある人が言った。

「高知の人にとって、龍馬は神さまみたいなもんなんだよ。だからちょっとでもおちょくったり、ふざけたりすると大変なことになるよ」

そんなこと私たちもわかっています。

そして本当に偶然であるが、今年は龍馬に関するいろいろなイベントが開かれるそうだ。来年の大河ドラマにきまったからである。

そんなわけで、高知では「龍馬」というミュージカルオペラがつくられ、大がかりな公演があるようだ。もちろんこちらはみーんなプロ。

「こっちの方にお客さんが来てくれなかったらどうしよう」

と思わず言ったところ、大丈夫、という三枝幹事長の心強いお言葉。

「文士劇だと思ってくれるから大丈夫だよ、僕は大入りになると踏んでるよ」

「それじゃ、東京で凱旋公演しましょう」

「そうだね、来年はオーチャードホールだ」

と、話はどんどん盛り上がっていくのである。

それはさておき、高知では龍馬が神さま、というのはとてもよくわかる。わが山梨にも武田信玄という英雄がいるからだ。今でもある年齢以上の山梨県人は、「信玄」などと呼び捨てにしない。必ず「信玄さん」とか〝公〟づけである。

小学校の時は、学校の先生からこう教えられた。

「あの時信玄さんが急死しなかったら、信玄さんが天下を取っていたんです。そしてこの山梨が首都になってたんですよ。この山梨が東京だったんです」

この頃は若い女性の間で、戦国の英雄たちがもの凄いブームだそうだ。そして人気投票の第一位がダントツ織田信長、と言ったら、山梨県人は怒るであろうか。織田信長はサディスティックなものすごい美男子、というイメージがある。ドラマでも映画でも、演じるのは人気が盛りの、ものすごくカッコいい俳優さんだ。それにひきかえ、わが信玄さんは中年の俳優さんのことが多い。非常に残念である。

 つい先日、甲府に「信玄公祭り」というのを見に行った。武者行列や出陣式が行なわれ、結構な有名人が信玄公に扮して馬に乗って、市内を練り歩いた。けれどもその人よりも、長々と紹介された人がいる。元サッカー選手の中田英寿が、仲間を連れて親善試合に来ていたのだ。

「そうか！　山梨の英雄ナンバーワンは、今じゃ信玄さんじゃなくて、中田ヒデなのか」

と納得した私である。

さて、もう二十年近く前のことになろうか。私はある女性の伝記を書いた。明治の宮廷で、妖婦と呼ばれた女性だ。伊藤博文はじめ、明治の元勲たち何人かと関係を持ったと言われているが、それは彼女の裏の顔で、表の方は明治の女子教育の第一人者ともいえる。しばらく学習院の女学部長を務めている。

ある時、地方に講演に行った時のことだ。主催者は地元のソロプチミストの方々で、終った後会食をもった。その時、着物をお召しの、いかにも地方の名流夫人とおぼしき女性が、つかつかと私のところに近づいてきたのである。

「ハヤシさん、私は○○女子大学の卒業生ですの」

「はっ」

「×××は先生がおつくりになった女学校が基になっておりますの」

そう、私が伝記を書いた女性は、その昔女学校を創設したのである。

「私たち同窓会は、一丸となってハヤシさんに抗議をしようと話し合ったことがあるんですよッ」

でも、伊藤博文の愛人ということが証明される資料も、ちゃんと残っていますよ、と言っても無駄なことであった。

「ああいう女子大の創設者は、昔の卒業生にとっては、神さまみたいな存在だから、本当に気をつけなきゃ」

と母にも注意された。

ミュージカル「龍馬」も、心して演らなくては。龍馬は「好きな歴史上の人物」で、いつも一位である。

……建築とイケメン

シカゴの日本商工会議所からお招きを受け、講演に出かけることになった。

成田空港で、幼なじみのサナエちゃんと待ち合わせる。どうして彼女と出かけるかというと、これにはちょっとした理由がある。この旅行かなり近くなってまで、

「ハヤシさんは、秘書のハタケヤマさんと来る」

とあちらの方々は思い込み、二人分の用意をしてくださっていたらしい。が、私はどこへ行くのも必ずひとりで行くし、ハタケヤマは人づき合いが苦手のカワリモノだ。都内の講演会やサイン会に同行したことはただの一度もなく、ましてやアメリカに行くはずもない。

「もちろん、私ひとりでまいります」

と言ったところ、あちらの方々は気を遣って、協賛の日本航空さんに、部長である

（前々回マネージャーという肩書にしたがこちらが正しい）サナエちゃんの出張を要請したのである。彼女と二人きりで旅行をするのは十数年ぶりであろうか。昔はイタリア、オーストラリア、スペインと、いろんなところを旅行したものだ。

「あの時は楽しかったねぇ。サナエちゃんといると、通訳とガイドはしてくれるし、気を遣わなくてホントにいいよ」

機内で二人並んで座り、ぺちゃくちゃ喋っていると、ＣＡのチーフの方が挨拶にきた。なんでもサナエちゃんが教官をしていた時の教え子だそうだ。先生が乗っていたら、さぞかし緊張していることであろう。

この私にしても、ちょっとうるさいかも。そお、前々回お話ししたとおり、ＪＡＬの機内サービスの訓練に参加したばかりである。ちゃんと見てますからね。

しかしワインの酌ぎ方も、お肉の焼き加減も完璧。そしてお夜食にいただいたアラカルトのカレーライスのおいしかったこと。ご飯は炊きたてのようにほかほかしている。地上数万フィートで、どうしてこんなことが出来るんだろうか。不思議だ。

ソムリエの資格を持つサナエちゃんと、ワインもあれこれ飲み比べ、すっかりいい気分になってシカゴに到着。出迎えてくださった商工会議所の方々と、車で市内へ向かう。

「ハヤシさんは、シカゴ、二十五年ぶりだそうですね」

「そうです。あの時は二泊だけですけど」

アメリカ国務省が、「日本のホープ」ということで、いろんな分野の人たちを毎年ひとり、アメリカに招待してくださるシステムがある。ワシントンから始まり、約一か月をかけてアメリカのいろいろな都市をまわったのだ。その時シカゴに来たのであるが、高いビルが立ち並んでいたという記憶しかない。おまけに泊まったホテルの壁がうんと薄かったうえに、日本人はまとめて同じフロアにほうり込んだらしい。明け方の三時頃、日本語で目を覚ました。隣りの部屋に泊まっていた日本人ビジネスマンが、えんえんと国際電話をかけていたのである。まだ日本経済が右肩上がりで、海外進出がすごい勢いで伸びていた頃だ。シカゴというと、あの夜の日本人男性の本社に報告する声が甦ってくる。

さてそのシカゴにしても、最近はGM倒産など、伝わってくるのは不景気なニュースばかりだ。が、街にはそんな気配は微塵《みじん》もない。花壇の続くメインストリートには、ブランド店がひしめき、多くの人々がいきかう。例のインフルエンザで初の日本人感染者が出て騒がれたが、マスクをした人など一人もいない。最近は話題にもならないそうだ。そしてこれだけの大都市なのに、シックで落ち着いた雰囲気が漂うのは、建物がちょうどいい頃合に熟しているからであろう。シカゴは「建築の聖地」と呼ばれて、近代建築の名作が多いそうだ。真新しいビルと交互に、一九〇〇年代初期のビルが並んでいる。

映画「アンタッチャブル」に出てくる、シカゴユニオンステーションは、一九二一年に建てられたものだ。高い天井の荘厳な建物である。今は駅が移り、待ち合い所だけに使われているという。が、ホームレスなどは一人もいない。どうしてですか、と尋ねたところ、

「このシカゴは、そういうことがとてもうるさいから、ガードマンがしょっちゅう見まわりにくる」

　ということであった。

　夜は商工会の方々が、イタリア料理店で歓迎会をしてくださる。どの料理もとてもおいしい。

「この後、ブルースでも聞きにいきませんか。シカゴはブルースの街ですからね。明日からブルースフェスティバルも始まりますよ」

　とお誘いをいただいたが、残念ながらお断わりする。実は私、アメリカ方面の時差にとても弱い。それも年齢と共にどんどんひどくなっている。先年、ニューヨークに行った時は、五日間ほとんど眠れず、帰ってからも不眠に苦しんだ。それ以来かなり用心深くなっているのだ。今日は疲れているし、ワインもしこたま飲んですっかりいい気分、このままベッドに倒れ込んだら、ぐっすり眠れるはずであった。

　が、それほど時差は甘いものではない。ほんの少しうとうとしただけで朝、寝不足のままダイニングルームに行く。今日のスケジュールだと、シカゴに住む方々と朝食会を

することになっているのだ。

「シカゴに来たら、ハヤシさんにぜひ会ってもらいたいユニークな方々がいます。セッティングするので、いろいろお話を聞いたらどうですか」

というはからいで、四人の方々が来てくださったのだ。こちらで活躍している日本の方で、シンガー兼新聞記者、映像作家、女性の超エリート弁護士、某大企業のシカゴ支店長とバラエティにとんでいる。

このシカゴ支店長が、まるで俳優のような外見で、いっぺんに私の眠気はふっとんだ。

「な、なんてカッコいいんだ！」

商工会議所の方は、ここまで気を遣ってくださったのである。日本でもこんなハンサムに会ったことはない。シカゴは本当にいいところと私は相好をくずしたのである。

……… 眠れない

シカゴの方々は、こちらが恐縮するほどの歓迎ぶりである。というのも、例のインフルエンザがからんでいるからだ。シカゴは、初期の段階で、日本人学校から感染者が出た。これが日本人第一号の患者ということになる。

「だからハヤシさん、シカゴなんかコワイわ、ってキャンセルするんじゃないかと思いましたよ」

と言われ、私はこう答えた。

「いやあ、このインフルエンザは、五十歳以上は感染しないって聞いてたんで、まるっきり心配していませんでしたよ」

ところで、シカゴの総領事は久枝さんという方だ。今から十年前、日米協会の招きでニューヨークへ講演に行った私は、当時あちらの領事館にいらした久枝さんにとてもお世話になった。それからも年賀状を交換するぐらいの細いご縁は続いていたが、ある時久枝さんからメールが届いた。

「今度シカゴに赴任しましたが素晴らしいところです。一度いらっしゃいませんか」

それが今回の講演会と繫がっていくのである。

久枝さんは着いた次の日に、総領事館にお招きくださった。総領事館はミシガン湖が一望出来る歴史的建物だ。壁一面に、久枝さんが世界や日本のVIPと並んで写した写真が飾られている。離れた全く別のコーナーには私の写真も。十年前、ニューヨークで撮った写真である。それを見て強いショックを受けた。十年前の私は、今よりも十キロ以上痩せていて、当然のことながらずっと若いのだ。そのコーナーは、女優さんとの写真が集められているのだが、混じっていてもそう不自然ではない（ような気がする）。

サナエちゃんでさえ、

「あら、マリちゃん、この頃、痩せててキレイだったのね」

と言ったぐらいだ。つらい……。しかし希望はある。私は帰国したら、次の日に某クリニックに行くことになっているのだ。そのクリニックでは、世界何ケ所かに採取した血液を送り、遺伝子やホルモン値など、さまざまなことを検査してくれる。肥満の原因と対策もただちに教えてくれるのだ。二週間前に採血したものの結果がもう出ましたと、シカゴのケイタイに連絡が入った。それでシカゴから診察の予約をとった。全くケイタイのおかげで、世界中どこにいても不自由はしない。

そんなことはともかく、この総領事館には「中尊寺ゆつこコーナー」というのがある。何かのきっかけで知り合った、才気煥発《さいきかんぱつ》で努力家の中尊寺さんを、久枝ご夫妻はとても可愛がっていらしたそうだ。中尊寺さんは独学で英会話をマスターし、久枝さんの前任地アトランタを訪れ、英語でスピーチをしたというからすごい。「中尊寺ゆつこコーナー」では、中尊寺さんがイラストを描いた、アトランタ総領事館のTシャツや、写真が何枚も飾られていた。カウンターに仲良く並んで座る、久枝さんと中尊寺さんの写真もある。

日本からこんな離れた場所で、これほど深く追悼される中尊寺さんは、本当に幸せだ。

そして次の日は、久枝さんご夫妻の案内で、シカゴでいま一番人気のフランス料理レストラン「チャーリー・トロッターズ」へ。予約を取るのが困難極まる店だという。流行の小皿料理が次々と出てくる。驚いたことには、この店では食事を終えた客に必ず「キッチン・ツアー」をさせてくれるのだ。ぞろぞろと厨房の中に入っても、全く迷惑そうな顔をされず、親切に料理の説明をしてくれる。さらに私たちには特別にカーヴを見せてくれた。中西部では一番で、全米でも三本の指に入る品揃えだそうだ。

「私たちソムリエ（サナエちゃんのこと）と、名誉ソムリエ（私のこと）なのよ、よろしく」

思わず口走る私。が、これといって反応はなかった。

さて次の日は講演会である。ホテルの会場に四百人という方がいらっしゃるという。私は不安で仕方がない。なぜならシカゴに来てから、ほとんど眠っていないのである。その夜も、

「明日は講演会、眠らなきゃ、眠らなきゃ」

と言いきかせたのが仇となり、明け方までまんじりとも出来なかった。こんなにひどい時差ボケは久しぶりだ。インフルエンザには強い五十代であるが、寝不足はてきめんで、頭がぼうっとしている。何とかやり終り、夜は商工会議所の方々と打ち上げパーティー。日本人が経営するフレンチで昨年末にオープンしたばかりだという。何を食べても素晴らしくおいしい。シカゴは美食の都でもあったのだ。さんざん食べて飲み、緊張も解けて、その日は熟睡のはずだったのに、やはり眠れない。

帰りの飛行機の中で眠ろうと思ったのに、いただいた本を読みふけってしまった。ディナーの席上、隣りに座ったシカゴ日本人会の会長さんが、一冊の本をくださった。それはひとりアメリカに渡り、会社を興して大成功し、自家用ジェット機を持つまでになったご自分の人生を書いたものだ。ふつうこういうものは退屈するはずであるが、プライベートなこともきちんと書いてあってやたら面白いのだ。若い頃、白人女性に誘惑されそうになったことまで告白している。つい読み切って成田に着いてしまった。

そして帰国した次の日、例のクリニックに行った。なんと体重が三キロ増えていた。人間眠らなくても、太る時は太るんだとしみじみと思う。

そして私の肥満の原因が次々と明らかになる！ 強いストレス、栄養のかたより、代謝の悪さ……。

「あなたは、人とにぎやかに飲み食いするのが大好きみたいですから、これを何とかしなくては」

と医師から注意を受ける。が、そう言われてもなあ。近いうちまたシカゴに行きたいと本気で考えている。あそこはおいしいものがいっぱい。どうすればいいのか。とりあえず渡された大量のサプリメントを飲もう。そうしたらこれで興奮したのかまた眠れなくなった。もう十日間くらいほとんど眠っていない。

……いつまでもある……


二十年以上も前のこと、女友だちとドイツに旅行した。ロマンティック街道や、ライン川のあたりを転々としているうち、彼女が言った。

「ねえーベルリンに行ってみない。あの壁を見てみたいよ」

しかし私は、旅程を変更し、列車の予約をしたりするのがめんどうであった。

「次にしようよ。ベルリンの壁なんていつでも見られるんだからさ」

が、ベルリンの壁は、ご存知のようにそれからすぐに崩れ去ってしまった。

またあれはいつのことであったろうか、アメリカ大使館から招待状をいただいた。マイケル・ジャクソンが来日し、日本の子どもたちと歌を歌うというのだ。さっそくアメリカ大使公邸のパーティーへ行ったところ、マイケル・ジャクソンは一時間以上遅刻するという。

「それじゃ帰ろーっと。マイケル・ジャクソンなんてまた見られるんだからさ」

それは本当だったのだ。当時の彼は落ち目の一途をたどっている最中で、暇だったらしくしょっちゅう来日していたのである。それが今度の「マイケル急死」のニュースだ。世界中が強い衝撃を受けた。

マイケル・ジャクソンという存在も、ベルリンの壁と同じぐらい不動のものだと思っていたのにまことに残念だ。

「いつまでもあると思ってはいけない。ものごとにはいつも終わりがくるのだ」

ということを思い知らされる今日この頃である。

会いたい人には出来る限り会い、食べたいものは出来る限り食べ、見たいものは出来る限り見る、というような日々をおくりたいものだ。「いずれ」と考えているうちに、その対象は消えてしまうはずである。

さて私はデビューして二十七年となる。比較的若い時のデビューだったのが幸いした。今から見ると「歴史的」と表現したくなるような方と何人もお会いしているのだ。

つい先週のこと、雑誌社の方がうちの家宝を借りにいらした。グラビアに出すためである。それは手塚治虫先生が描いてくださった色紙である。一九八五年と日づけが入っている。

どんな雑誌か忘れてしまったが、手塚先生と対談することになった。話が終わりに近づいた頃、編集長が色紙を持ってきた。

「ハヤシさん、せっかくだからこれにサインしていただいたら。出来たら絵も描いてもらって」

私はあまりにも図々しいと思ったのであるが、先生は気軽にサインペンをお持ちになった。

「あのー、私、大学生の頃のあだなが、ウランちゃんだったんです。いつも寝グセがついていて、それがウランちゃんの髪型そっくりだって言われたんです」

先生はニコニコしてさっそく色紙にアトムとウランちゃんが楽しそうに話をしている絵を描いてくださったのである。

たいていの人がこの色紙を見ると驚く。

「あ、本物の鉄腕アトムの絵だ。すごい、あ、手塚治虫ってサインもある」

今や手塚先生は教科書に出てくる「昭和の偉人」である。あの時、色紙を差し出してくれた編集長に心から感謝している。

お宝はもうひとつある。今年は松本清張生誕百年ということであるが、私は松本先生の直筆の原稿を額に入れて持っている。それも私の本に長い推薦文を書いてくださった原稿だ。

あれも十五年以上前のこと、文藝春秋の忘年会であった。文藝春秋のパーティーは、毎年ホテルオークラの宴会場で盛大に行なわれる。そういう文壇のパーティーには、いつも顔を出さない私が、どうして文藝春秋の忘年会に顔を出したのかわからない。きっとまだいろんなものがもの珍しかった時代だったのだろう。

だから本物の松本先生が、ふつうに向こうから歩いていらした時は、心臓が止まるぐらいびっくりした。おまけに先生は、

「カンちゃーん」

と子どものように呼び、当時の文藝春秋会長の上林さんに近づいていったのだ。上林会長もかなりのお年だったと思うが、二人とも少年のように肩を組み、再会を喜び合っていた。その傍でじっと二人を見ていたら、誰かが紹介してくれ、私は先生にご挨拶した。

「私って、今、ナマ松本清張に会ってるんだ！」

という興奮は、今でもはっきりと思い出すことが出来る。松本先生もなぜか嬉しそうに、名刺をくださった。すっかり舞い上がってしまった私は、装丁の打ち合わせに来た新潮社の編集者に、「今度の本、初めての歴史小説だから、松本先生に帯の文章お願い出来ないかな」と、とんでもないことを言い出した。が、先生はご快諾くださり、小説『ミカドの淑女《おんな》』に、素晴らしい推薦文を書いてくださったのだ。この生原稿を私が貰い、表装したのはつい最近のような気がするが、もうずいぶんたってしまったらしい。

松本清張氏も、いまや昭和史を代表する方となっている。

二人の方がつくってくださった二枚の額から私は教訓を得た。

有名人には出来る限り色紙を描いてもらおう。いつまでもお元気なわけではないんだもの。

ところでいつまでも何とはなしに与党の座にいると思っていた自民党もついに終焉《しゅうえん》の時を迎えるようだ。

今、最後の悪あがきをしていて、みっともないったらありゃしない。いくら人気があるからといっても、あんな知事さんに、自民党の中枢が、わざわざ頭を下げて頼みに行くのは本当におかしいではないか。全くどうしちゃったんだろう。その昔、小沢一郎さんが、サッチーに出馬をお願いし、野村家の前で深々と頭を下げている姿も見たことがあるが……。

あんな総理をいただいたことが身の不運とあきらめ、老舗の自民党、去る時は品よくゆったりとやっていただきたいものだ。

ペットの社会

……………

女の子のトイプードルを飼い始めて、四ケ月になろうとしている。名前はマリー。私はもともと猫派なのであるが、二十年近く生きた愛猫二匹が、次々とあの世にいって以来、犬もいいかなあと思うようになった。それに見わたせば、右を向いても左を向いてもワンちゃんブームである。先日は青山のおしゃれな店を、子ども服の店と思って入ったところ、なんとワンちゃんのドレスショップであった。これがまた、びっくりするような値段なのである。

そんな折、隣りのマンションの奥さんが、耳寄りな話をしてくれた。

「私の友人の友人が、犬のブリーダーをやってるの。ペットショップで買うよりもずっと安く売ってくれるのよ」

そんなわけで手付け金を払ったのであるが、最終的にはかなりの値段したと記憶している。

「これなら、青山のペットショップと同じ値段じゃん」

とつい文句を言ったところ、その奥さんいわく、

「ペットくらい、ピンからキリまでのものはないのよ。みんな同じに見えるかもしれないけど、いい犬はやっぱり高いんだから」

ということであった。

もともと田舎育ちの私には、お金を払って犬を買う、ということに抵抗があった。犬や猫は拾ってくるか、知り合いから譲ってもらうもの、という考えがあったのだ。

ともかくトイプードルはわが家にやってきた。そしてこのコを連れて、散歩するのが私の日課となった。マリーはひどく人なつっこい犬で、向こうから顔なじみとなった犬がやってくると、二十メートル前から興奮のあまり、後ろ足だけで立って走っていく。そして近寄っては、しつこく顔をなめまわす。たいていの犬は憮然とした表情で迷惑そうだ。ここですぐひき離すのが飼い主のマナーというもの。

そう、犬を飼い始めて、私はさまざまなきまりを知ることになったのだ。犬と犬とが近づいていってちょっとじゃれる。すると別れる時、たいていの人が、

「ありがとねー」

と、犬へとも飼い主へともつかない調子で礼を言うのである。

そして体力がある時には近くの公園に行く。ここには毎朝、六匹のワンちゃんたちが集まって、キャッチボール用の囲いの中は、つかの間のドッグランと化すのだ。

私は「公園デビュー」を難なく果たした。リードをひきながら、

「おはようございます。新参者ですがよろしく」

と声をかけ、中に入っていけばいいのだ。犬を飼っている人は、当然のことながら犬が大好き、特に仔犬には目がない。

「まあ、なんて可愛いの。うちのコの子どもの頃を思い出すわ」

と大層歓迎してくれる。

が、問題があって、私はよそ様の犬の名前をまるで憶えられない。毎朝会うトイプードルちゃんのことを、なぜかずっと「ビリーちゃん」と呼んでいた。たまりかねた飼い主が、

「あの、このコはジャックです」

と言ったぐらいだ。うちのコは、すぐに名前を憶えてもらったのにもかかわらず、私は朝に会うワンちゃんたちの名前をほとんど知らないのである。

そしてもうひとつ問題がある。実は私、朝の散歩がそう楽しくない。仕事のことを考えていつもいらいらしている。

「早く帰って新聞連載小説の、今日の分を書かないと」

よく犬に関するエッセイを読むと、愛犬との散歩が何よりも楽しいとある。余裕を持って近くの自然を見つめられるようになったともあるが、私はそんな心境に達したことがない。犬の散歩は、私にとって結構億劫《おっくう》な義務なのである。

が、今や私のような人間は非常に珍しいらしい。みんなワンちゃんに、人間以上の愛情と手間ひまをかけているのだ。よく読む愛犬ものの漫画では、飼い主の女性は、飼い犬たちに留守番させせたくないばかりに、ずっと美容院に行っていないと告白している。犬たちの顔を見ているだけでとても幸せらしい。よくわからない。

さて、つい先日のこと、初めてマリーをペットホテルに預けた。これにはビリーちゃんじゃない、ジャックちゃんのお母さんのお世話になった。

「ふつうのペットホテルだと、オリの中に入れられっぱなしで可哀想。私がいつも預けているところがすごくいいですよ」

そこは人気があって、紹介者がいないとみてくれないということであった。ジャックちゃんのママが電話をしてくれたので、当日マリーを連れていく。住宅地の中のマンションだ。チャイムを押すと女性が出てきた。その人があまりにも美しいので驚いた。三十代の終わりから四十代のはじめといった年齢で、化粧っ気もないのにひと目をひく美貌である。ゆったりしたパンツをはいている。

部屋を案内してくれる。四匹のワンちゃんがいる。広いテラスがあって、そこで運動

も出来るようであるが、

「朝晩、近くの公園に遠足に行きます」

ということであった。アシスタントらしき若い女性がワンちゃんの毛づくろいをしている。ちゃんと手間をかけてくれるみたいだ。マリーの方はさっそく、隣りのサークルにいるテリアちゃんと仲よくなり、くんくんと鼻を鳴らしたりしている。

四日間あずけたら、前述のとおりすっかり人なつっこくなっていた。その女性からは預かってもらっている最中のマリーの写真と報告書が送られてきた。

「可愛い盛りのマリーちゃんとすごせて、とても幸せでした」

とある。が、私は不思議で仕方ない。あれだけの美人なら、もっと別の仕事や生き方もあったのではないか。それなのに彼女は、犬の世話が生き甲斐のようなのだ。

どうしてそんなにのめり込めるのか。ペットの社会は本当に奥が深い。

……… ハルキ・ムラカミ

東京ドームに「サイモン&ガーファンクル」のコンサートを聴きに行った。

外国のミュージシャンにはまるで弱い私であるが、彼らの歌のほとんどは知っている。

先日、深夜放送で映画「卒業」をやっていた。この中で流れる「スカボロー・フェア」「ミセス・ロビンソン」「サウンド・オブ・サイレンス」という曲は、年月がたっても本当に素晴らしい。メロディもいいが歌詞も素敵だ。昔はギターで弾くことも出来たような気がする。そお、あの頃は男の子が、よく女の子にギターを教えてくれたものだ。

ああ、二十歳の私、懐かしくって涙が出てきそう。

そう、彼らが初めて来日した時のコンサートも行ったっけ。二十七年前のこと、私はとっぽいコピーライター。原宿セントラルアパートに出入りし、作詞も始めた。まるっきり売れなかったが、まあ、なんとなく最先端のギョーカイにはひっかかっていた頃、当時のボーイフレンドと一緒に後楽園球場へ出かけたっけ。まだ二十代の私。クローズドのジーンズにテクノヘア、ああ、青春ってなんて早く過ぎ去ってしまうのかしら……。

こんな感傷にふけっていたのは私だけではない。アリーナ席は、中年の男女で占められていたが、みんな歌に合わせて拍手をしたり体を揺すったりする。若い人の熱気とはまた違う、共感の濃い空気があたりを包んでいる。

ガーファンクルがソロで歌う。髪はやや後退したけれども、白いシャツ姿は昔のままだ。彼の姿を見ていたら、誰かを思い出した。日本人の誰か……ピュアで禁欲的で、変わらない若さを持ち、そして常に第一線にいる人……そう、村上春樹さんだ。

村上さんの最新作『1Q84』が、二冊で二百万部売れた、という事実は、出版界にどれだけ希望を与えてくれたか。いい本ならちゃんと売れる。本を読みたい人が、日本にまだこんなにいるのだ……。出版界に身を置く人間だったら、嫉妬などどこかに吹っとんで心から喜んだに違いない。

それにしても、村上春樹ブランドのすごさ。ノーベル賞候補になっていることもあるけれど、この〝別格〟といってもいいほどのブランド力は、村上さんのミステリアスな私生活にもよるであろう。

まことに失礼な言い方かもしれないが、私はよく、

「村上春樹さんはヤンバルクイナ」

と表現する。この業界で会った人や、見た人がほとんどいないのだ。パーティーには全く出られないし、インタビューや特集記事というのも、あまりお好きでないらしい。つき合う編集者も、村上さんが信頼したほんの数人に限られていると聞く。

十年近く前のこと、私が連載を持っている雑誌に、やはり村上さんが連載をお持ちになったことがある。村上さんがレギュラーを持つとは珍しい。私と長年親しくつき合ってきた担当編集者は、にわかに〝村上番〟になって大喜びだ。

私は彼に頼んだ。

「本にサインお願いしてきてよ」

編集者はしぶしぶ「林真理子さまへ」という為書きまで貰ってきてくれた。

「ねえ、あんただって、一応は作家なんだから、こういうもんを貰って恥ずかしいと思わないワケ!?」

私は答えた。

「だって格がまるっきり違うじゃん」

これは本当。例のコピーライターをしていた頃も、私は村上春樹さんの本を愛読していた。私がつくづく口惜しいと思うのは、以前友人から、

「ねえ、これから村上春樹のやってるバーに行かない？」

と誘われた時、なぜか行かなかったことである。村上さんはたちまち人気作家になっ

て店を閉じたが、一時期バーを経営していたことがあったのだ。実に惜しいことをした。ナマ村上をじっくり見られた最後のチャンスだったのだ。

　そしてそれからしばらくたってラフォーレ原宿の上にあった書店を歩いていたら、一緒に歩いていた友人の足が止まった。ものすごく興奮し、

「今、そこに、村上春樹が歩いてた……」

　というのだ。

「ウソでしょ、どこ、どこよ」

と急いで本の棚の間を探しまわったが、ハルキ・ムラカミの姿はもうなかった。二十年ぐらい前だと思うが、もう彼は神格化されかかっていたのである。

　そして二年前に奇跡が起こった。青山の裏通りを歩いていた私は、心臓が止まりそうになった。向こうから村上さんが歩いてくるではないか。ジム帰りらしく、ショートパンツにTシャツを着ていらした。

「村上さん」

　私の声は震えていたと思う。

「私、ハヤシと申します。あの、随分前に○○さんに頼んで、サインをいただいた者です」

「ああ、憶えてますよ」

驚いたことに、村上さんは気さくにお話ししてくださったのだ。短い間であったが立ち話をしたのは、私のかなりの自慢である。まわりの編集者に話すと、

「え、ハヤシさん、すごおーい」

と羨しがられる。さすがにヤンバルクイナ、いや失礼、この世界の神秘である。

ところで不思議なことがある。あれほど売れている『1Q84』であるが、私のまわりで読んでいる人がほとんどいない。先週、ビッグサイトで行なわれたブックフェアで講演会をし、千五百人の聴衆に向かって、

「村上さんの新刊読んだ方？」

と手を上げてもらったところ、二十人もいなかった。二百万部売れているのに、どうしたことか。などと言っている私も、二冊まとめて買ったもののまだ読んでいないのだ。夏休みにひと息に読もうと思う気持ちと共に、「買っただけで気が済んだ」ところもあるかもしれない。もはや持っているだけで有難いお札《ふだ》のような本。それがムラカミ本だ。すごい。

………

コンチキチン

麻生圭子さんからメールが来た。

「葵祭も見たんですから、祇園祭も見ましょう。祇園祭は町衆のお祭りですから、また違った感じですよ」

ということで、さっそく夏の京都へ行くことにした。

実はこの祭りを一度見たことがある。京都でシンポジウムがあり出かけたところ、偶然に宵山の日だったのだ。今から二十年前のことである。やたら暑かったのと、コンチキチンというお囃子の音が雅びな感じだった、という記憶しかない。きちんと見るのは今回が初めてだ。

まずは前夜祭というべき宵山から見ようと、十六日の夜に京都に入った。夕食を麻生さんご夫妻と、このあいだ十二単を着せてもらい仲よくなった井筒法衣店の井筒さんご夫妻と一緒にとる。祇園祭にはつきものの、ハモのお刺身などをいただく。このあとは、井筒さんのご親戚の家へ向かった。

井筒さんのお祖父さまが建てた家は、堀川通の一等地にある。立派な格子のある商家だ。もう皆さんお家を離れ、ここはイタリア料理店に貸してあるが、家賃を安くする代わりに、条件を出したそうだ。

「祇園祭の三日間は、二階を井筒一族のために開放すること」

そんなわけでイトコさんや、その家族やお友だちが集まり、とてもにぎやかだ。下の店からワインや料理を運んでもらい、宵山のにぎわいを上から眺める。

京都の人々の財力を見せつける山鉾《やまほこ》を、町内で飾り、提灯をつけて皆に見せるのだ。

が、想像していたよりも京都は涼しく、しかも人出が少ない。麻生さんが言うには、インフルエンザの影響があるかもしれないとのことだ。

「祇園祭は、サウナに入ってるみたいな暑さで、ものすごい人混みの中を歩くんだよ」

と、脅かす人がいたので、着るものや靴に気をつけていた私は、かなり肩すかしをくったような気分だ。

そして次の日は、祇園祭のハイライトともいえる「くじ改め」がある。朝の八時半にホテルを出た。交通規制が始まる前に、現地に行こうという麻生さんの提案だ。

京都における麻生さんの人脈と顔の広さはすごく、観光課の方に頼んで、招待席を手に入れてくれた。四条堺町のメイン会場、市長さんのすぐ横である。「くじ改め」というのがどういうことか、よくわからなかったのであるが、目の前で見て納得した。三十二基の山鉾が、八坂神社まで巡行するのであるが、これはくじによって順番が決められる。巡行がちゃんとくじどおりに通っているかというのを、奉行に扮した市長さんが確かめるというセレモニーである。このセレモニーが、古式にのっとって非常に面白い。まず手を使わない。扇の柄をつかって紐を解き、文箱の蓋を開ける。この後はさすがに手を使って蓋を開け、この開いた文箱を、跪《ひざまず》いて奉行にぐっと差し出すのだ。それをお奉行は高らかに読み上げ、くじどおりの順番かどうかを確認するのである。

市長さんは烏帽子《えぼし》に直衣《のうし》という格好だが、仁左衛門さんそっくりなので、とてもきまっている。山鉾につきそう町の顔役たちや、この文箱を持つ町行司はみんな上下《かみしも》に身を正して笠を手にしている。

「室町といった呉服の町の人たちが多いので、この上下姿が、ものすごく決まってますよね」

と麻生さん。なるほど、昨日今日、着物を着た人なら、こんな風には堂々としていられないだろう。

この町行司を、町内によっては十歳ぐらいの少年がやる時がある。その初々しい可愛らしさといったらない。

扇の柄を使って、文箱の紐を解くのも大変であるが、しまった後に、また大仕事が待っている。だらりとした紐に、また扇の柄を使って勢いをつける。そしてくるくると巻きつけるのだ。見物人が固唾《かたず》を呑んで見つめる中、少年の手が震えているのがはっきりとわかる。

「ガンバレ、ガンバレ……」

と心の中で叫ぶ私。やがて紐がきちんと巻かれる。あたりに漏れる安堵のため息。そして少年は、扇を大きく使い、自分のところの鉾を手招きする。その誇らしい様子に、ふっと涙が出そうになる。私が短歌や俳句をやる人なら、この少年の一瞬を切り取ることが出来るのにまことに残念だ。

そして私たちのすぐ目の前を、豪華この上ない山鉾が通っていく。国宝級のゴブラン織りやペルシャ絨毯《じゆうたん》、新しいところでは人間国宝の描いた友禅染などがかかっている。左甚五郎作といわれる鳩の彫刻もある。こういうのは、みんな町の人たちの財力によってつくられ、守られてきたのだ。

「京都ってやっぱりすごいよね。京都の人ってさ、プライド高くて意地悪な人多いと思ってたけど、これだったら多少いばっても仕方ないよ。やっぱりすごいよ」

と私はため息をついた。

「他のお祭りで、渋滞すると、京都の人たちはブーブー怒るけど、祇園祭だとどんなに道路が混雑してても、まるっきり文句を言わないわね。やっぱり自分たちのお祭りだ、っていう思いがあるからじゃないかしら」

と麻生さんが解説してくれた。

とはいうものの、このところの不況で、京都の伝統産業は本当に大変らしい。別に京都に貢献しようと思ったわけではないが、この後、麻生さんの知り合いの帯工房や、着物作家のところをまわり、久しぶりにたんとお買物してしまった。最後に井筒さんの工場へ遊びに行ったら、井筒さんは天井から吊るしたブランコに乗っていた。いつもはお坊さんの法衣や袈裟《けさ》をつくっているが、今回特別に私の帯を織ってくれるとのこと。さらさらとトイプードルの絵を描いて、正倉院風の菱《ひし》形模様をつくった。

「ハヤシさんの愛犬模様の帯、織ったげるよ」

京都はいろんな人がいて本当に面白い。

………源氏の選挙

元々は政治にうとい私であるが、そんなことを言っていられなくなった今日この頃である。

なにか大きな変化が起ころうとしている気配を、日本中が半分楽しみ、半分不安に思いながら見つめているのではないだろうか。

民主党が政権を取るなら取るで、それは結構なことだ。一度大きな変革が起きれば、たまった膿《うみ》も出ようというものである。が、まるで魔女狩りのように、自民党というだけで、議員を選別するのはいかがなものであろうか。今回、自民党の大物議員の落選が予想されている。その顔触れを見て驚いた。もちろんマスコミ予想であるから大げさに書いているところはあるが、大臣経験者や重鎮たちも、▼印となっているのだ。それに替わって、○印がついている民主党の人たちがそんなにいいかというと、なんだかよく前歴がわからないような、若さが取り柄のおニイちゃん、おネエちゃんばっかりである。さんざん野党が批判していた「小泉チルドレン」のさらに廉価版という気がして仕方ない。

このあいだまで泡沫候補だったはずの人たちが、民主党という錦の御旗を得て、当確ラインに入ってきた。まあ、それが時の流れならいたし方ないが、今回の選挙で自民党の息の根を完全に止めるのもどうであろうか。

「麻生政権死の行軍」と書いた週刊誌があったが、私に言わせると、戦いに負けて八甲田山の山中を追われる源氏であろう。

死の行軍だったからこそ、寒さで頭がちょっとおかしくなり（どっかの選対委員長）、ヘンなことをわめきながら、行進から飛び出していった人もいる。

解散の日の、麻生さんの言葉も、まさしく武士の別れというものだ。涙を流しながら、

「みなさんとまた何人ここで会えるでしょうか」

と語ったという。あれなんかまさに、討ち死にがわかっている臣下へのねぎらいであろうなあ。負けるとわかっていながら、みんな死出装束のように白いタスキをかけ、灼熱の中に遊説に出ていく。まさしく滅びの美学。

都で恵まれた暮らしをしていた公達《きんだち》も、矢はつき、家来たちも散り散りになり、雪の山中をさまよっている。そこに庶民が襲いかかり、高価な鎧《よろい》や衣服を剝ぎ取り、こてん

ぱんにする。

「今までいい思いしやがって」

しかし平清盛、正確に言えば彼のお母さんは、頼朝の命は守ってやった。源氏の兄弟を根絶やしにはしなかったのである。頼朝は力があったから、蛭ヶ島から脱出できた。自民でも本当に実力ある人たちは、何年後かに必ず兵を挙げることになろう。その時、冷静になった国民が上皇となり、変の断を下す。そのためにも、頼朝クラスは何人かいてほしいと私は考える。消えてほしいようなじいさん議員も多いが、自民の大物の中にも、きちんとした政治家はいるはずだ。

それにしても有権者というのは、なんていいんだろうか。選挙を前に、勝手なことを口にしていればいいし、ちょっとまずいことを言ったり書いたりしても、マスコミの片隅で叩かれるぐらい。

そこへいくと、政治家といわれる人たちは本当に大変だ。プライバシーはなくなるし、何か失敗をした日には、それこそ寄ってたかって叩かれる。特に女性の場合は選挙に出たとたん、たちまち価値が下がるのだ。どれほど好感を持たれていたアナウンサーだろうと、カリスマ料理研究家であろうと、選挙に立候補の意思を表明するやいなや、たちまち、

「権力を追い求める女」

ということになってしまう。いろんなことは書かれる。まことにお気の毒だ。ご本人が本気で世の中を憂い、大きな理想を持っていたとしても、なんとはなしにキナくさい女、ということになってしまうのである。

この点、女性は二世議員の方が、ずっと分がいい。男性が世襲すると、あれこれ叩かれるのであるが、女性議員だと、けなげさが際立つ。人気バツグンの小渕優子さんなんかそうだ。

「お父さんが急に亡くなったから気の毒」

「大きなお腹で頑張っている」

と、みなはつい応援してしまうのである。

それにしても今度の選挙は、少し心構えを変えようと思う。私は有権者としての無責任さを捨て、本当に真摯な目で、候補者を見ようと思う。今まで政治家のことをちょっと悪く言ってきたかもしれないと反省している。

「じゃ、あんた、やってみなよ」

と言われたら私は出来ない。知識もないしヴィジョンもないし、体力もその気もない。だからこそ、さまざまなリスクを負っても、選挙に出る人たちを尊敬し、これぞと思う人は応援し、その後の活躍を見守ろう。政治家の揚げ足をとるのではなく、その人の可能性を信じよう。そう、こんな時代だからこそ、清らかな美しい心を持って、もう一度日本の未来と政治を信じるのだ。

もちろん投票には行くし、その日はお昼寝をし、徹夜で開票速報を見るつもり。うーん、なんかわくわくする。今回ぐらい人間くさい、面白いドラマを見られる選挙はないはずと、今から楽しみだ。選挙の結果がわかった直後の麻生さんのコメントはどうなるか、泣く大物議員はいるのか、と考えると今からワクワクする。何が清らかな心であろうか。

親切な客

うちの夫は、タクシーの運転手さんにとてもやさしい。小銭のお釣りは受け取らず、太っ腹のところを見せる。

「今、タクシーの運転手さんはすごく大変なんだから、タクシーに乗る余裕のある人は、二百円、三百円のお釣りは受け取るな」

というのが持論である。

夜食事に出かけ、家の前で私がタクシー代を払おうとすると、必ず心配そうに口をはさむ。

「多めに払ってね。わかってるね」

自分もふつうのサラリーマンなのに、基本料金で乗る時は、千円札を出してお釣りは取らないというから驚きだ。こういう私もまず受け取らない。よほど感じの悪い運転手さん以外は。

タクシーに乗ると、まず財布を開き、どのくらい余計に払おうかと考えるのが、もはや私の習い性になった。千七百円ぐらいだと二千円払う。千二百五十円だと、千円札一枚と五百円玉をひとつ。しかし十円や二十円のお釣りなら、しっかり貰う。なぜならたかが十円に、

「どうもすいません」

などと言わせるのが嫌だからだ。

全く気を遣い過ぎだと自分でも思うが仕方ない。もうクセになってしまっているのだ。

青山の裏通りで、向こうからくるタクシーに手を挙げた。

「東京駅までお願いします」

ここからだと三千数百円ぐらいであろうか、わりといいお客ではないかと思ったのは私だけで、中年の運転手さんはあまり気ののらない様子。受け答えでわかる。

ややあって彼は言った。

「これから昼ごはんにしようと思ってたんですよね」

「あら、すいませんね」

と私。そして余計なことをつい聞いてしまった。

「お昼ごはんって、〝まい泉〟に行こうとしてたんですか」

タクシーを拾ったところは、有名なとんかつ屋さんのちょっと前だったのだ。

「いやあ、僕の給料じゃ、〝まい泉〟なんかに行けませんよ。近くに二百五十円のお弁当を売ってるところがあるんですよ」

「へえー、二百五十円のお弁当ねえ。ずい分安いですね」

四百円ぐらいのお弁当なら、コンビニで買って何度か食べたことがあるが、二百五十円というのは破格の安さだ。いったいどんなおかずが入ってるんだろうか……などといろいろ想像しているうちに、車は東京駅八重洲口に着いた。料金は三千四百五十円だったのではないかと思う。お昼の話を聞いたばかりだったので、私は四千円差し出す。

「お釣りいりません」

かなり大盤振るまいだ。

「さっき私のせいでお昼を食べそこねてしまったから、これで食べてくださいね。二百五十円のお弁当だったら買えるでしょう」

とはえらそうだからもちろん言わない。が、私としてはそういう気持ちを込めて、張り込んだつもりである。が、その運転手さんは、お礼も何もなく、

「そうですか」

と言っただけ。正直言って肩すかしをくらったような気分だ。昼飯を食べそこねたのが、よほど口惜しいのか。

そのまま新幹線で京都へ行き、駅前からタクシーに乗った。ホテルまで行ってもらうと、千円で七十円のお釣り。

「あ、いりませんから」

と千円札を置いたところ、

「えー、本当にいいんですか！」

と運転手さんは相好を崩し、

「すいませんねー、申しわけない」

と何度も言うのである。後で知り合いに聞いたところ、京都の人はケチだからお釣りは絶対にもらう。観光客も同じようなもの。ちょびっとでも受け取らない人は、非常に珍しいそうだ。しかし七十円であんなにお礼を言われると、こちらが恐縮してしまうではないか。

ところで、私は日本でもわりと気前がいい方であるが、海外に行くともっとよくなる。ドライバーという人たちに、かなり頑張って渡しているかもしれない。

この国にバブルというものがあった頃、よく海外取材に出かけた。雑誌のグラビアに載せるための時もあったし、単に「小説を書くために必要だから」という時もあった。担当編集者も一緒で、デラックスな旅をさせてもらった。たいてい現地に着くと、日本人のガイドと、運転手つきの車が待っていてくれた。時にはすごいストレッチリムジンが来て、子どもたちが歓声をあげて中を覗き込んだりしたものだ。

五日か一週間たって別れる時、私は現地のドライバーにチップを渡した。彼らがうんと安月給で雇われているか、あるいはすごい借金をして、商売用の車を買ったのを知っているからだ。

その行いが、この頃になって、いい感じに成熟してきたみたい。最近私の友人がスペインの田舎を旅行するため、車とドライバーを雇った。彼が日本人とわかったとたん、ドライバーはすぐにこう尋ねたという。

「お前はハヤシマリコという作家を知っているか」

「よく知っている」

「僕は彼女を乗せたことがある。彼女はとてもいい人だった。チップをはずんでくれた」

国内ではめったに〝いい人〟と言われない私であるが、地球のとある国ではいつまでも彼の口から語り継がれているのである。二十年以上たった今でも。ああ、あの時、ちょっぴり張り込んでおいてよかったと、胸をなでおろす私である。

そういえば、バブルの頃、日本のタクシーの運転手さんは本当に冷たかった。特に女性の客にはハナもひっかけなかった。今、私がタクシーの運転手さんに多少なりとも気を遣うのは、あの頃の後遺症もあるに違いない。

来《きた》るべき（来ないか）再びのバブルの日、女性客も案外いいものだと思ってもらいたいのである。

…………

イタリアオペラ紀行

作曲家の三枝成彰さんを団長にして、総勢九人でツアーに出かけた。「夏のイタリア音楽紀行」である。

以前から三枝さんは、

「ロッシーニ音楽祭っていいよ。それからやっぱりヴェローナの、野外オペラは見なくっちゃ。今度連れていってあげるよ」

と約束してくれていたのだ。

まずは成田からフランクフルトへ飛び、それから乗り換えてボローニャへ。ここからバスで三時間行ったところに、ペーザロという海沿いの街がある。ロッシーニの生まれたところで、毎年夏には「ロッシーニ音楽祭」が開かれ、世界中からファンが集まってくるのだ。

本当に小さな街で、ロッシーニの生家も、ロッシーニ劇場もホテルから歩いてすぐのところにある。劇場は立見を入れて六百席という小さなもので、前の方に座ると指揮者の表情も、オーケストラピットの中もよく見える。日本からのお客もとても多く、知り合いにも何人か会った。いくら中国や韓国が最近めきめきと力をつけているといっても、こういうところに来るアジア人は、ほとんどすべて、といっていいぐらい日本人だ。ドレスアップした日本人を見ていると、ちょっと誇らしい気分になってくる。

といっても、やはり世界的不況は、こういうところにも影響しているらしい。三枝さんが言うには、ロッシーニ音楽祭は大変な人気があり、いつもチケットが入手困難であった。ところが今年は空席がちらほら目立つのだ。ヴェローナからまわってきた知り合いによると、

「今年は、野外劇場も後ろがガラガラだったわ。そんなこと、今までなかったのに」

と驚いていた。

さてロッシーニ音楽祭、最初に見た演目は「絹のはしご」、次の夜は「オリイ伯爵」であった。どちらも日本ではめったに上演されることはないそうである。

「『絹のはしご』の、天井を鏡にした演出はすごく面白いね。ソプラノもよくやってる」

などと、毎夜毎夜、三枝さんの解説がつくのだから、全く贅沢な旅行である。が、この団長、体力が異様にあるヒトなので、オペラが終った後に、夕食、酒盛りということ

になる。こちらのオペラは、夜の九時から始まるから、食事はだいたい夜の十二時近くからだ。音楽祭に合わせて、多くのレストランが相当遅くまで営業していて、食べるところには困らない。が、団長は、次々とお店をハシゴするのが好きなのだ。私は、とてもついていけず早々と退散する。

ところで三枝さんも私も、今、同じクリニックに通い、ダイエットのためのサプリメントを飲んでいるんじゃなかったっけ。

「三枝さん、そんなに飲んで、食べて大丈夫なんですか」

とついいらぬ質問をしたところ、

「いいの、いいの。僕は体脂肪十八パーセントで、本当は全然太ってなかったの。だから何を食べてもいいのさ」

そうかなあ……。イタリアに来てから次第に顔が丸くなっているような気がする。このペーザロの物価の安さは、ちょっと信じられないほどで、ワインは八ユーロぐらいがふつうだ。レストランも本当に安い。好奇心旺盛な三枝さんは、

「このパスタも頼もう。ついでにピザも。メインは魚を頼んで、デザートは、ほらアイスクリームに熱いコーヒーをかけたのを食べてみよう」

と次々に注文するのだ。私もついつい食べ過ぎてしまう。

そしてペーザロで三泊した後、再びバスでボローニャへ。ここで観光のために一泊す

るのだ。団長の三枝さんは、私たちにいろんなところを見せようと一生懸命である。

「ここじゃ、絶対にろう人形館を見なくちゃダメ！　美女の解剖の人形なんか、すっごくリアルでいいよー」

さっそくタクシーで分乗していったのだが、夏休みで休館中であった。みんなで旧市街の廻廊のある建物を歩く。

「なぜこんなに廻廊が出来たかっていうと、ヨーロッパ最古のボローニャ大学が出来た時、下宿の部屋を増やそうとして、前に張り出して増築したんだ。それがこの廻廊になったんだ」

とオペラ以外でも博覧強記の三枝さん。しかし次に行った教会では、懺悔《ざんげ》室を発見して大はしゃぎである。

「あのさ、僕、ここで跪いてポーズとるから、写真撮ってよね、ね、ね」

そこへイタリア人の中年女性がやってきて、かなり本気で怒った。

「本当に子どもみたいで恥ずかしいわ。他人のふりをしましょうね」

と、若い三枝夫人は顔を赤らめる。

ボローニャは古く美しい街と、多くの人が絶賛しているが、私はそうは思わなかった。どこまでも延々と続く廻廊は、シャッター街になっているところもあり、落書きも目立つ。夏休みで人がいないことを考慮しても、荒《すさ》んだ感じなのだ。

こんな人類の遺産が、これだけ多量にあれば、住んでいる人は嬉しいだけではないだろう。壊すことも出来ず、中世そのままの街とずうっと共存していかなければならない。

これに比べれば、古いものはすぐに壊して、新しいものを次々と建ててきた日本人は、なんと気がラクだったのだろうか。

ボローニャで一泊して、次の日はヴェローナの街が待っている。シェイクスピアの「ロミオとジュリエット」の舞台になった街だ。なんと一世紀につくられた石のアリーナが、今も野外劇場として活用されている。今度の演目は「トスカ」。

「本当はさ、『アイーダ』が、派手な演出でこのアリーナにぴったりなんだよね」

三枝さんは何度も来ているのだ。

そして星空の下、やがて壮大なオペラが始まる。音響も舞台装置も素晴らしい。生きていてよかったとしみじみ思う。気の合った人たちと、楽しくイタリアでオペラを見る。お子ちゃまには絶対に出来ない大人の醍醐味。どうか来年も、どこか外国で鑑賞が出来ますようにと、私はヴェローナの星空に祈ったのである。

………

クスリの思い出

専門医による食事療法とサプリメントで、二ヶ月で十一キロ痩せた私。選挙がらみで、新聞の鼎談《ていだん》に出たところ、その写真がかなり話題になったようだ。

担当の新聞記者の方から電話がかかってきた。

「社内でも、ハヤシさんの顔にみんなびっくりですよ。別人じゃないかって、聞きに来る人がいました」

うちのハタケヤマから注意された。

「どこか悪い病気にかかってんじゃないかって、近所のおまわりさんからも、心配の電話がかかってきましたよ」

それにしても、会う人ごとに、

「どうしてそんなに痩せたの」

と聞かれるのに、少々閉口している。うるさくなって、こう答える。

「うん、前に押尾学からもらったクスリがあるんだ」

ハタケヤマから怒られる。

「ハヤシさん、今、そういう冗談はやめてくださいよ。本気にする人がいたらどうしますかッ」

もちろん押尾学という人とは会ったこともない。麻薬などというのは、カタギの人たちとは縁もゆかりもないものと決めてかかっていたら、年下の友人からこんな証言が。

「ハヤシさん、クラブ（注・踊る方のクラブです）に夜遅く行くと、奥の方で結構やってますよ。欲しければ近づいてけばいいんです」

そうか、そんなところにはびこっていたのか。しかし、もうこのトシになれば、クラブに行くこともないであろう。よってそういうあぶないものにも無縁で終わる。

ところで私は、先ほど「カタギの人たち」と自分のことを述べたが、世間の人から見れば、作家などというのは充分ヤクザな職業に違いない。それよりもカタカナ職業の人は、もっと偏見の目で見られていると知ったのは、今から二十数年前のこと。私は最先端のコピーライターという仕事をしていた。住んでいたところは、麻布の出来たばかりのうんとカッコいいマンションだ。

こぢんまりとした建物であったが、コンクリートとガラスで出来た素敵な外見であった。ひとり暮らしの女性のために工夫された1LDKで、白い壁にフローリングのしゃれた部屋は、当時よくインテリア雑誌に登場したものである。

この頃私は、一匹の捨て猫を拾った。うんと可愛がっていたのだが、昼間はひとりぼっちにさせてしまう。それが可哀想で、私は猫のためにベランダのガラス窓を、少し開けて自由に出入り出来るようにした。一階だったのに、どうしてあれほど不用心なことをしたのであろうか。

ある日遅く帰った私はびっくりした。部屋の中が荒らされていた。泥棒が入ったのである。

「取られるものなんか何もない」

と日頃うそぶいていたが、いざ入られると、カメラや生活費として引き出しに入れていた現金を取られた。あまり気が進まなかったが、一応警察に電話したところ、女性の刑事さんがやってきた。取り調べの最中、私が、

「コピーライターをしています」

と答えたところ、彼女の表情が変わったのだ。そして口調をやや変え、こう聞いてきた。

「ねえ、お仲間で悪いクスリをやってる人なんかいないかしら。いたら教えてくれない」

ふうーん、私たちってこんな風に見られているのかと、ちょっと感慨深かった。おっちょこちょいの私は、

「聞いときます」

などと答えたが、あれってかなり失礼な質問かもしれない。

それから何年かたち、私は本を何冊も書くようになった。バブルが始まり、世の中がとても派手になった頃、独身の私は夜、よく飲み歩いていた。そんな時、某レコード会社のディレクターを紹介されたのだ。みんなでお酒を飲んでいるうち、マドンナの来日コンサートの話になった。彼は、プラチナチケットを何枚か調達すると約束してくれたので、みんな歓声をあげた。

ところが、待てども待てども電話がかかってこない。携帯のない時代で、私は彼の職場に連絡をした。ここで奇怪なことが起こったのである。私が「○○さん、いらっしゃいますか」と尋ねると、電話の向こうでしばらく沈黙があるのだ。

「いま、いません……」

「いつ、お戻りですか」

「わかりません……」

「ご出張なんですか」

「いいえ、違います……」

「それなら、お戻りになったら電話をいただけますか。こちらの電話番号は……」

その後、眠っていると枕元の電話が鳴った。時計を見ると夜中の一時近い。低い男の声がする。

「もし、もし、○○ですけど……」

「やだー、○○さんたらー、いったいどうしてたのよ。どこか行ってたのッ。まるっきり連絡つかないじゃん。私、困ってたのよッ」

「………」

「ねえ、マドンナのチケット、いったいどうしたのよ。二枚よ！　頼んでたじゃん」

その時、男は、

「僕は○○じゃありません」

と言い、いきなり電話を切ったのである。あっけにとられる私。自分から○○と名乗っていったいこれはどういうことだろう。

二日後、新聞を読んですべての謎がとけた。

「レコード会社ディレクター、大麻所持」

という記事の中に、○○さんの名が。そうか、あの電話は内偵中の刑事だったのか。至急電話をくれ、という相手を調べたに違いない。青春時代に起こった二つの事件。こんなかすり方で済んで本当によかった。

「このクスリで痩せる」

と聞いたら、あの頃の私はどうなっていたかわからない。ま、怖がりだから手を出すはずもないか。いや、好奇心がそれに勝ったらと、あれこれ考えると、ま、のりピーも押尾も、そう遠い人ではないかもと思うようになったのである。

………数学の思い出

どうして、こんな馬鹿なことを考えたのであろうか。

高校時代、夢でうなされるぐらい嫌いだった数学に、もう一度チャレンジしようなどとは。

話は少し前にさかのぼる。新聞の連載小説を書いているのだが、そのヒロインに医大受験をさせることにした。高校を卒業し、バイト生活をしていた女の子が、一念発起して医大に挑戦するというあらすじ。

「そんなことが可能かしら」

と、〝受験の神さま〟と言われる和田秀樹さんに相談したところ、

「二年あったら大丈夫」

ときっぱりとおっしゃる。

るけど」

「受験専門の予備校があるよ。ここは医者の子どもたちのためで、ものすごくお金かかるけど」

「あー、それはダメダメ。バイトしてる貧乏なコだもの」

「それじゃ、うちの通信教育をやったらどうかな。医学部進学コースっていうのもあるから」

「あー、それ、それ。ちゃんと受講料払うから、私もイチから教えて」

自分がその主人公になりきって、勉強していくプロセスを体験しようと思ったのである。今思えばなんとだいそれた考えだったか。

「ハヤシさん、まずスタート試験というのを受けてください。どのくらいの実力かこちらで把握して、それから受験対策のプログラムを組み立てていきます」

ということで、書類一式が送られてきた。中に国語、英語、数学の三つの試験が入っている。ちょっと嬉しい。

「おー、こんなものをするのは何十年ぶりだろう」

と新鮮な気分である。が、ページを拡げて愕然とする私。国語はなんとかなる。漢字などは信じられないくらい易しい。英語はほとんどわからないが、それでも目をこらしてみると、なんとなく訳せそうな一行もある。

が、全く歯が立たないといおうか、質問の意味もわからないのが数学である。

「〇〇を証明せよ」

と言われたって、証明って、何をどうすればいいのだ。答えを出せなら、まだ質問の意味がわかるが、証明せよって言われたって……。

ハタケヤマに声をかけた。

「ちょっと、これやってみてよ」

しばらく眺めていた彼女が言う。

「これって、数Ⅲでやるやつです。ⅡBまでしかやらなかった私たちには出来ませんよ」

「そうだよ、そうだよねー」

すっかり気がラクになった。が、これをほっとくわけにもいかない。スタート試験をしない限り、通信教育が始まらないのである。

私は新聞社の女性担当記者に電話をかけた。

「悪いけど、私の代わりにこの試験やってくれないかしら」

「えー、私がですか」

「そうだよ。あなた、確か慶応出てるんでしょ。だったら出来るわよー」

「ハヤシさん、私が大学出たの、何年前だと思ってるんですか。二十年前ですよ」

というやりとりがあったが、なんとか引き受けてもらうことになった。彼女にひととおりのものを郵送した後、コピーにとった数学の試験用紙をもう一度見つめる。なんてむずかしい問題なんだ。こんなものが出来る高校生が本当にいるんだろうか。

和田先生のケイタイに電話する。

「ちょっとォ、スタート試験にあれはないでしょ。数Ⅲやってる高校生なんか限られてるんだから」

「ハヤシさん、何言ってるんですか。あれは数Ⅲなんかじゃない。一問めは、中学卒業程度の問題なんですよ」

それを聞いて本当に驚いた。ということは、かつて、私もそれを解いた、といおうか習った過去があるということではなかろうか。しかし全く記憶にないのである。

私にとって数学は、忘れ去りたいもののひとつである。小学校の時、算数が嫌いだった。中学生になったらもっと嫌いになった。そして高校生になったら、嫌いというよりも、もうついていけなくなった。教師が黒板に書く方程式が全く理解出来なくなった。

最近、授業についていけなくなり、ドロップアウトを余儀なくされる高校生のことが話題になるが、私はそれは数学が原因でないかと思う。

国語なら、どんなに勉強しなかったコも、日本語がわかれば三割はわかるだろう。英語も訳を適当にしておけば、ちょっぴり点数をくれる。が、数学の場合は、歯が立たなければ、どうしようもない、白紙で出すしかないのである。

だから私は数学が出来る人を尊敬してしまう。

「結婚するなら理系のヒト」

と決めていたのは、あの頃のコンプレックスがあったからであろう。

ところでスタートテストを、担当記者は何とかやり終えて、郵送してくれたようだ。ということは、採点の結果と、次のテストがまた送られてくるということではなかろうか。これから毎週毎週、あのテストをしなければならないかと思うと、本当に憂うつだ。この頃の学生はどうのこうのと、よく文句を言っていたが、ああいう勉強をしているだけ立派ではなかろうか。数Ⅲの教科書を持っている高校生がいたら、私はハハーっとひれ伏してしまいそう。

そりゃあ、仕事が大変といっても、私など好きなことをしているわけだ。一日のうち何時間も机に向かい、数学というものに取り組む学生は本当にえらい。

ついていけず中退する学生も確かに多いであろう。しかし今、何十万人という学生が、こうして試験というものをし、数学を解いているかと思うと、感動してしまうのだ。かつて自分がしていたにもかかわらず、やはりすごいと思う。どうか皆さん、頑張って勉強してね。将来好きな仕事をするためには、今、つらいことをすべきなのよ。とえらそうなことを言いつつも、次の通信講座も、ひき続き担当記者にやってもらおうと決心する私であった。

……….私のＩＴ化

何度か同じことを書いているかもしれないが、私はパソコンを使わない。原稿はすべて手書きである。この方がずっと速い……。

と、今は居直っているが、ちょっと前まで悩んだりもした。

「これではあまりにも時代遅れではないだろうか。若い時には意外とか、お茶目にも聞こえたかもしれないが、今ならメカ音痴の、よくいるおばさん、何とかしなくっちゃ」

ということで、インストラクターを頼み、電源を入れるところから習い、ひととおり使えるようになった。が、私はパソコンが特別便利だとも、素晴らしいものともどうしても思えないのだ。

そういえば、今から十数年前のこと、対談で売り出し中の孫正義さんにお会いした時、

「私、パソコン使えないいんです」

とつい口がすべった。すると氏の顔に、哀れみとも蔑《さげす》みともとれる笑いがうかび、

「そういうアンモナイトのような人は、もうじき滅びますよ」

とおっしゃったのである。が、アンモナイト・マリコは、まだ細々と生きている。相変わらず手書きだ。筆圧の弱いサインペンを流すようにして（流れるようではなく）かなりの速さで文字を埋めていく。私の担当の編集者は、心の中ではどう思っているかわからないが、とにかく受け取り、読んでくれる。いつもすいませんねぇ。が、たまにはイヤ味を口にされることもある。

「若いライターで、手書きの人は、まず使ってもらえないでしょうね」

そしてこの私も、たまには気を遣うこともある。それは原稿を、全くのご新規さんに渡す場合だ。

最近、公的なところに短い文章を出すことがあり、ハタケヤマにパソコンで打ってもらっていた。が、金曜日の夕方までには間に合いそうもない。彼女が、

「月曜日でもいいですか」

と尋ねたところ、どんなに遅くなっても、今日中にくれということである。

「それじゃ、もう一回聞いて。ハヤシの手書き原稿、ものすごく汚ないですよ、私がパソコンで打ち直してましたが、もう帰ります。後でハヤシが原稿をファックスすると思いますが、それでもいいですか、って」

構わない、という返事であった。それならばと、私の原稿をファックスで送った。すると、八百文字のうち、

「十二箇所が読めません」

と返事が来た。だから言ったのに……。

さて、最近仲よくなった勝間和代さんは、ネットの申し子のような人だ。どんな時にも、パソコンを持ってきている。それを入れたデイパックをかつぎ、自転車で都内を移動するのだ。

彼女はパソコンで原稿を送り、パソコンで本の売り上げ情況を見、パソコンで販売戦略を練り、パソコンでブログをつくり、毎日すごい人数にメルマガを配信している。彼女のベストセラー連発の裏には、ネットを知りつくした人の知恵があるのだ。

親切な彼女は、いろいろ私の相談にのってくれた。

「マリコさん、今の世の中、ネットを活用しなくちゃダメですよ。必ず取り残されます」

「でも、私、パソコンが使えないの」

「……」

孫さんと同じような表情。やがて、

「パソコンが使えなかったら、パソコン使える人を使うんです。ブログって、自分だけ

の雑誌をつくるようなもんですよ。ここで本の宣伝、紹介、ファンサイトもやってくんです。そう、アマゾンにリンクして、本の販売をするのもいいですね」

ということで、勝間さんのアドバイスを得て、ブログを開設したのが今年の二月のこと。この怠け者の私が、毎日更新しているからえらい。

うちに出入りしている、マキちゃんという、バイトしながら放送作家をやっている女の子が、

「ブログやるなら、私に手伝わせてください」

と申し出てくれ、このコをブログの管理人に任命した。

そして半年後、私のブログは、月にアクセス百七十万となった。そりゃあ、芸能人に比べれば少ないが、作家のブログとしてはかなりの数だ。

いい加減なことはしたくないと思い、ちゃんとしたデザイン会社に入ってもらって、百万近くかけて立ち上げた。マキちゃんにも月々のものを払っている。私が携帯から送る写真や文章を、またマキちゃんがパソコンで打ち直す、というめんどうくさいことをしているからだ。

彼女とプロバイダーの人は、いろいろ工夫してくれ、「新刊のお知らせ」の横に、

「さあ、アマゾンをクリックしましょう」

というシステムをつくってくれた。

ところがどうだろう。アマゾンで月に売れた私の本は、たった十四冊！　百七十万のアクセスが来て、たった十四人しか本を買ってくれなかったのだ。

「ハヤシさんの読者って、やっぱりアマゾンで買う人たちじゃないんですよ」

と慰めてくれたが、私の心は晴れない。

そんなある日、日曜日にうちの駅前の本屋さんへ行った。ここは「マイ本屋」と名づけたところだ。小さな個人経営なのに、レジの前にマリコ本コーナーをつくってくれてありがたい。ネタがない日だったので、この店とご主人を写メールし、ついでにマリコ本コーナーも。そこで、

「もし、ここで私の本を買ってくださったら、ちゃんとサインしますよ、預けておいてくださいね」

そうしたら、来るわ、来るわ。地方からわざわざ訪ねてくる人、書き留めで郵便パック分も送ってくる人。今や週に十五冊の本に私はサインする。ハタケヤマが、朝来る時に寄って本を預かってくる場合もあるし、私が隣りの喫茶店でサインすることもある。ありがとうございます。

見よ、アマゾンに勝った、ささやかな私のネット成功例である。

……………

面白い政治

わりと民主党に辛口の私であるが、今回、組閣を見て、「へえー」と思った。実によく考えられているではないか。

全体的に手堅く地味な構成で、派手めな人がひとりもいない。実務型とマスコミは評しているが、小沢ガールズなど、シロウトの若いコがいっぱい入っている民主党のイメージがかなり変わるほどだ。

「ちゃんとこれだけの人材、いますぜ」

と世間にアピールしている。

数えたら東大卒が中退も含めて八人いた。官僚と地位を逆転させるためにも、やはり東大卒で揃えなければいけないと思ったに違いない。友人に、東大法学部卒の官僚がいる。彼はごくたまにであるが、ユニークなことを言って私を驚かせる。

プライドが高いこともはなはだしいが、彼のいいところは、それを全く隠さないところだ。本音が聞けて面白い。

「あのさ、オレたち東大法学部卒は、経済学部卒は東大と思ってないワケ（注これはかなり前の自慢話。最近は経済学部の方が、人気がある年もあるようだ）。もちろん文学部や理学部もそうさ。東大じゃないよ。ただひとつ法学部以外で、東大と認めてもいいのは医学部かな。だけど東大医学部行く奴って、十人に二人はヘンだよ。オレの高校からも、毎年何人か合格するけどやっぱりみんなふつうじゃないもん。駒場にいた時、大学行こうとしたら、駒場の門の前でさ、医学部に進んだ同級生がテニスの素振りしてるんだ。四時間後帰りに同じとこ通ったら、やっぱり素振りしてるんだ。こわかったよー」

話はそれたが、やはり東大法学部卒の官僚には、同じぐらいの学歴で立ち向かわなければいけないと、鳩山さんは判断したのだろう。いや小沢一郎さんか。誰がつけたか「鳩山・一郎内閣」とは、全くうまい命名である。噂によると、小沢さんは西松献金問題で、自分に辞任を要求した人たちを、今度の組閣で全部排除したというが、本当であろうか。そういう人たち以外にも、わりあい即戦力になる東大卒の人はこれだけいたわけだ。

そう考えてみると、議員宿舎に入り切れなかった新人議員というのは、ゲームのコインにすぎなかった人かも。どっちか多く持った方が勝ち、というゲームだからとりあえずたくさん獲得し、その後で本当の真剣なゲームを始めるつもりだったのか……。

ところで鳩山総理夫人の、幸《みゆき》さんのことについて、いろいろかまびすしいことが起こっている。いわば鳩山さんの略奪婚だったわけであるが、これについては男マスコミと、女マスコミとが極端に分かれていて興味深い。

前夫が出てきて、「自分を裏切った二人が許せない」という記事が載っているのは、先週号の「週刊文春」と「週刊新潮」。この他の男性読者が多い雑誌では「オカルト夫人」とか、「スピリチュアル好き」と、決して好意的ではない。

そこへいくと女性週刊誌は違う。同じく先週の「女性自身」では、幸夫人は「離婚した後、鳩山さんに出会った」と報道されている。かなりニュアンスが違う。そして、「夫人のこのスピリチュアルな明るさが、日本を救うだろう」

と大変な持ち上げようである。この他にも、私のところに送られてくる女性誌を読むと、「和樂」が、カラーグラビア六ページで幸夫人の大特集を組んでいる。この男と女の温度差はよくわかるな。

そんなに気の合わない夫と、まあそんなに楽しくもない結婚生活をおくっていたであろう三十過ぎの人妻。そんな彼女の前に日本を代表するような大金持ちで名家の御曹司が現れ、熱烈に愛してくれたばかりでなく、強引に自分を連れ去ってくれる。女だったら、誰でも夢みるような素敵なストーリーである。誰だってこんな風になってみたい。

というわけで、幸夫人は、今や女たちの夢を体現してくれる人なのだ。本当に羨ましいです。

私は何度か幸夫人に会ったことがある。三枝成彰さんが以前やっていたチャリティ・コンサートで、何度かご一緒させていただいたからだ。幸夫人は天真爛漫《らんまん》な、実にチャーミングな女性という印象がある。まわりがパーッと明るくなるような方だ。政治家の奥さんにはぴったりであろう。

鳩山さんは、

「妻と会わなかったら、きっと政治家にはなっていなかったろう」

とおっしゃっている。きっとそういうパワーを夫に与えられる人なのに違いない。

そこで私は、ヒラリー・クリントンのエピソードを思い出した。大統領時代、クリントン氏と夫人は、地方の遊説へ出かける。ヒラリー夫人の故郷を通りかかった時だ。ガソリンスタンドの経営者らしき男が、夫人に親し気に手を振る。

「昔のボーイフレンドよ」

と夫人も手を振り、やや嫉妬をおぼえたクリントン氏が皮肉まじりにこう言った。

「へえーよかったね。僕と結婚していなかったら、君はこの田舎町で、ガソリンスタンドやってる男の奥さんになっていたんだね」

するとヒラリー夫人はすかさずこう答えた。

「何言ってんのよ。私と結婚していたら、あの男が大統領になっていたのよ」

本当か嘘かわからないが、私はこの逸話が大好きである。「えらい人」の奥さんになると、みんなは「運のいい女」としか見ないが、実はその陰で大変な苦労があるのだろう。「えらい男」にするために、たえずパワーを注ぎ込まなければいけないのだ。ヒラリー夫人は、ある日夫に送り込むパワーを、自分に使うことに決めたのであろう。なんてカッコいいんだろうか。

とにかく今、政治が面白くて仕方ない。毎日、新聞を隅から隅まで読み、討論番組を見る。吉と出るか、凶と出るか。今、日本は巨大なルーレットになっているのである。

………

天ぷらが教師

早起きの私は、毎日朝ごはんが楽しみでならない。

犬の散歩を終え、ひとりになった家で、ゆっくりと朝ごはんをいただく。ご飯を炊く時もあるが、たいていは昨日の残りの冷やご飯である。私はチンした、ところどころ生ぬるいご飯が大嫌い。冷凍した方が味は落ちないらしいが、それよりもいさぎよい冷やご飯をとる。

私が今実行中のダイエットは、夜、絶対にとってはいけない炭水化物を、朝、たっぷりと食べることになっているのだ。ついでに甘いものや果物を食べて、血糖値を上げる。洋菓子でなく、和菓子なら構わない、ということで、貰いものの栗蒸し羊かんや、お饅頭も心おきなく食べられるようになった。お彼岸の時は、おはぎを二個食べていたのだから、困ったものである。

これまた昨日のおみおつけを温め直し、冷蔵庫の中の残りものをあれこれ食べる。これが楽しいんだな。

リメイクすることも多い。今朝のおかずは、残りものの天ぷらを、天つゆでさっと煮たものである。

ふつう揚げものというのは、次の日は不味《まず》くなっているものなので、こうやって食べるとおいしい。

揚げものといえば、三年前に亡くなった父は、自分のとんかつの残りにソースをかけ、ひと晩おいたものを好んだ。

「なんか行儀が悪い」

と母は眉をひそめたが、もうお気づきのとおり、これはかの池波正太郎さんのエッセイによく出てくる食べ方だ。東京の下町で生まれ育った父は、食べ物に関しては池波さんの世界と共通項をたくさん持っていた。ジャムをジャミと呼び、食パンには黒蜜をかけた。舟和の芋羊かんが大好物で、今でもあそこの売場の前を通ると、涙が出てきそうになる……。

話がそれたが、ついこのあいだ日本いちと評価の高い天ぷら屋さんのカウンターに座った。三ケ月に一度ほど、山本益博さんが、私たちにワインと美食をレクチャーしてくださる会がある。メンバーは、山本さんにこのことをお願いした三枝成彰さん夫妻をはじめ、和田秀樹さんなど八人ほどだ。山本さんの解説つきで、最高においしいものを食べるのだから、まことに贅沢な会だ。しかも山本さんも割りカンなので申しわけない。

その夜、カウンターに立つご主人から、実に興味深いお話を聞いた。天ぷらの専門店というのは、京都では六軒ぐらいしかない。東京でも、天ぷら専門店と名乗っている店の八割は、中央区、港区などの五区ぐらいに集中しているそうだ。

「どうしてそんなことになったんですか」

とお聞きしたら、

「お鮨は月に必ず一、二度食べる人はいっぱいいるけど、天ぷらを月に一度必ず食べるって人は本当に少ないでしょう」

この場合の天ぷらというのは、専門店での天ぷらである。確かに外で食べることは非常に少ない。この私も天ぷら屋さんに来るのは、実に五年ぶりぐらいだろう。

ご主人がさらに言うには、いい店だと新鮮な最上品を使うために、ロスが非常に多い。銀座のように常連客がいっぱいいるところでないと、経営は成り立たないそうだ。

などという話をしながら、私たちの前に出されたのは、丸ごと揚げた国産松茸の天ぷら。おおーとどよめきが起こる。最後は貝柱のかき揚げでしめて、お腹がいっぱいになったが、お値段は極めてリーズナブルであった。海老や穴子の他には、カボチャやアスパラガスなどで、一流店といえどもそれほどお金を取れないに違いない。

ところで、よく言われるように、専門店の天ぷらと、家庭の天ぷらとは全く違うものらしい。が、私はうちで揚げる、衣の厚い精進揚げも大好きだ。特に好きなのは、サツマイモである。揚げることで、おイモの甘みがひき出されてお菓子のようだ。気取った店では丸十と書いてあり、どうしてそうなるのか長いことわからなかったが、ドラマ「篤姫」を見ていて、ハタと合点がいった。丸十は薩摩藩の家紋なのである。

この丸十はもちろん、カボチャ、ナス、ピーマンと、私も時々天ぷらを揚げるが、あまりにも大量のため、途中でイヤになってしまう。

「天ぷらを揚げていると、あまり食べられなくなってしまう」

という女の人は多く、油負けのせいもあるかもしれない。途中でちょっと休むが、この時必ずガスの火を消す。あたり前ではないかと言われそうであるが、最近プチボケしてきて、ガスの火を消し忘れたことが三度ほどある。うちのコンロは、一定以上熱くなると止まる仕組みであるが、それでも気づいた夫に、

「いったい何やってんだ！」

と怒鳴られた。

私には天ぷらと火に関してひとつの記憶がある。それは歌手の三田明さんだ。そお、あの「美しい十代」を歌っていた美青年である。

何年か前、まだリニューアルされていない「いつみても波瀾万丈」を見ていたら、三

田さんが出ていらした。美しい顔が人気だったのに、ある日天ぷらをしていて側を離れたら、油に火が移り、消そうとした三田さんは顔に大やけどを負ったのだ。それ以来、人気が下り坂になっていったような気がする。非常に気の毒な事件である。私は天ぷらを揚げる時、いつもそのことを思い出すのだ。料理の中では、おそらく天ぷらがいちばんリスクが高いであろう。それもお店の数が少ない原因に違いない。

これまた話は変わるが、昔秋元康さんと仕事でロンドンへ行った時のことだ。日本料理店に入ると、彼はカキフライを注文した。

「世界中の和食屋で、これだけはまずハズレはない」

さすがに自他共に認めるグルメだけある。

かのプルーストのマドレーヌのように、天ぷらが、さまざまな記憶を甦らせてくれた秋の夜。

……

ペットショップ禁止

犬を飼い始めて、わかったことがいくつかある。

それは、犬を飼っている人が、なんと多いか、ということだ。今日は朝から雨が降っていたため、小さな駅のコンコースは、犬たちの散歩道と化した。少しでも雨を避けるため、レインコートを着た犬たちが、ひっきりなしに通る。なんだかいい光景だ。

それとは反対に、犬を飼うと余計なものが目に入ってくる。今まで足を踏み入れなかったペットショップに行き、こまごましたものを買う。するとつい目が合ってしまうのが、ケースの中のペットたちだ。仔犬や仔ネコならいいのだが、売れ残って大きくなった彼らを見るのはつらい。胸がしめつけられるようだ。

今から三ケ月ぐらい前、二匹のトイプードルが入荷し、ケースに入れられていた。どちらもレッドで、なかなか可愛い。うちの犬種と同じなので、しょっちゅう中に入って見てしまう。が、何日たっても、彼らは売れ残ったままなのだ。

　やがてセールが始まり、値段が二分の一になった。その時私は決心した。

「このコたちの、どっちかを貰おう」

　私のうちにではない。山梨に住むイトコは、夫婦揃って大の犬好き。このあいだまでチワワを飼っていたのであるが、最近ぽっくり亡くなってしまった。その時のイトコの嘆き方といったらない。さみしい、さみしい、とずっと言い続けているのだ。このイトコは、本当にやさしい人で、愛情を注ぐのは犬だけではない。入院している私の母を、それこそ親身になってめんどうをみてくれているのだ。

　そうだ、いつもお世話になっているお礼に、このトイプードルをプレゼントしようと私は思いたち、うちのキャリーバッグを持ってペットショップに向かった。どっちのコにしようかと悩んだが、抱いたらしがみついてきた方に決定。そのコをキャリーバッグに入れ、そのまま電車に乗った。そして山梨へ行き、イトコに手渡す。

　彼女は自分のところへ持ってきた犬とわかってびっくりした。

「死んだ時のつらさを思い出すと、もう飼いたくない」

　というのを強引に押しつけてきた。しかし三日後行ったら、青い首輪をつけてもらい、可愛い名前も貰って、すっかりイトコの家のコになっていた。夫婦でネコっかわいがりしていることに安心した。

が、もう一匹、どうしても見すごすことのできない犬がいるのだ。それはやはり売れ残りの仔犬なのだが、トイプードルのような小型犬ではなく、ゴールデン・リトリバーなのである。七ケ月になる女の子で、とても狭いケージに入れられている。値段は信じられないぐらい安くなって、見切り品なみ。

ゴールデン・リトリバーの目というのは、知っている人も多いと思うが、なんとも清らかで哀しげだ。

「私をなんとかして……おうちに連れていって」

と、ずっと訴えているのである。飼ってやりたいのはやまやまなのであるが、あの犬が暮らせる家は限られる。広い部屋あるいは庭、そしてこまめに散歩に連れていってくれる、力持ちの飼主。

どれもうちにはないものだ。が、辛抱強く探していたら、

「うちで飼ってもいい」

という人が現れた。私は大喜びし、さっそくペットショップに出かけた。この見切り発車がすべての原因といっていい。

「月曜の朝いちばんで見に来て、気に入ったら引き取ります」

友人とは、朝の十時、駅の改札口で会う約束をしていたのだ。ところが日曜日の夕方、ケイタイに電話があった。

「大家さんが、ゴールデン・リトリバーはダメだって」

えーっと大声をあげる私。しかし私は、運のいいことに高知県にいた。十一月に行なわれるエンジン01・オープンカレッジ高知大会の、プレイベントと記者会見に来ていたのだ。私は名刺を交したばかりの、青年会議所の人に尋ねた。いかにもお金持ちそうな人だ。

「あの、おうち広いですか」

「ええ、旅館やってますので」

これだ、と私はひらめいた。

「あの、私がプレゼントするので、ゴールデン・リトリバー飼いませんか」

その人はとまどっていたようであるが、奥さんに電話して聞いたところ、オーケーということであった。

さっそく次の日、ペットショップに行き、内金を払う。なんだか嬉し気に、私にとびついてくるゴールデンちゃん。なんか三日見ない間に、むくむくと大きくなっている。あちらには仔犬と言ったが、なんと七ケ月で十七キロだというではないか！　このコをどうやって運ぼうか。

航空会社に問い合わせたところ、貨物扱いで、高知空港まで運んでくれることがわかった。が、それはやはりしのびない。大学生の姪っ子に電話をかける。

「友だちと二人、高知に旅行しない？　旅館に泊まって楽しんできなよ。宿泊費も飛行機代もおばちゃん払うから、犬を運んでくれないかな」

飼ってくれる旅館のご主人も、空港まで迎えに来てくれるというし、手荷物扱いにした方が、手続きはずっと簡単だ。

しかしまたここで問題が。ペットショップには、十七キロの犬を入れるケージがなく、急きょ買って取り寄せることに。そして見に行ったハタケヤマは言う。

「大きくてびっくりしましたよ。ハヤシさん、あれ、タクシーじゃとても運べませんよ。どうするんですか？」

ヒェーッと頭をかかえていたら、やはり犬好きのうちのお手伝いさんが助け舟を出してくれた。息子さんがボランティアで、ライトバンを出し、羽田まで送ってくれるというのだ。そして今日、ケージ代、リード、ペットシートもろもろの請求書が……。

「ハヤシさん、もう二度とペットショップには行かないでください」

ハタケヤマが冷たく言いはなつ。が、まだかわいい柴犬がケースの中に残っている……。

台風一過

伊勢湾以来の、大型台風がやってくると、日本中が大騒ぎしている日。

ハタケヤマが、何やら電話で深刻そうに話している。

「ハヤシさん、主催者の方が、明日はたぶん、欠航になるはずだから、どうしても今夜中の便で来てください、ということです」

先週、エンジン01がらみのイベントで出かけたばかりの高知に、もう一度講演会で行くことになっているのだ。

「そんなこと言ったたって、私はこれから文学賞の選考会じゃん」

「選考会が一時半からですので、六時半の便には、充分乗れるはずです」

そうは言っても、夫に急にそんなことを告げたら、どれだけ文句を言われるか。台風のおかげで、夫婦間に嵐が吹き荒れそう。ところが意外にも、

「台風だから仕方ないよね」

というメールが返ってきた。

とにかくすべての荷物を持ち、選考会が行なわれる新聞社に向かう。途中、ハタケヤマからまた携帯に電話が入る。

「ハヤシさん、そろそろ欠航が出始めてるそうです。六時半じゃなくて、四時半に乗れませんか、という電話がかかってきました」

「そんなさ、選考会の前に、そういうこと言われても困るよ。ああいう最中に、時間のことでいらいらするのって、集中出来なくなるよ」

などと口では言いながら、私も次第に焦《あせ》ってきた。列島を縦断するらしい台風。もし飛行機が飛ばなかったらどうしよう。

会場の新聞社に着くと、担当の女性記者が待っていた。マスクをしている。

「風邪ひいたの？　それともインフルエンザ？」

「ハヤシさんのおかげで、知恵熱がついたみたいなんです」

小説の取材のために、大学受験の通信教育を始めたことは、前にお話ししたと思う。まず学力を知るためのスタートテストが送られてきたが、全く歯が立たなかった私。

「あなた、やってよ」

と担当者に押しつけたのである。彼女は一生懸命やってくれ、今は何十年ぶりに二次関数を解いたりしてるらしい。

「今もずっと勉強してました」

「そういうのって、勤務時間中に出来るワケ？」

「ええ、上司の許可もらって、会議する、大きな机で勉強に励んでます。だけどむずかしくて、大変で……」

　ということで、熱が出たのだそうだ。申しわけないことをしたと、私は差し入れの栗きんとんを渡した。

　さて、選考会が終わったのは三時四十分。どう急いでも、四時半の飛行機に乗れるわけはない。

「やっぱり、六時半の最終便だわ」

　ということで、彼女とゆっくりお茶を飲んでいたら、再び携帯が鳴った。ハタケヤマからだ。

「最終便、欠航です。これから大阪へ行ってください」

「えー、どうして」

「明日の午後、伊丹から高知行きが出てますから。それならもう台風は去って飛ぶはずです」

　ということで、急きょ東京駅へ向かう。四時五十分発ののぞみで新大阪へ行き、近くのホテルに泊まった。大阪は真夜中、暴風雨圏に入ったらしいが、早寝をした私は全く気づかない。そして午後の便で高知へ着いたら、晴天が拡がっているではないか。

「本当に台風なんて来たのかしら」

早めに着いたので、まずめざしたところは、そお、先週お話ししたゴールデン・リトリバーの貰われっ子。高知で幸せに暮らしているであろうかと、ずっと案じていたのだ。タクシーで行ってもらったら、旅館といっていたが立派なホテルである。ゴールデンちゃんは「マリン」と名づけられ、奥から出てきた。

十日間ぐらいの間に、毛も艶々としていて、奥さんになついていた。私を見てもフン、という感じで目もくれない。

「本当によかった……」

と涙が出てきそうになる私である。さっそく写メールを撮り、姪っ子に送ってやった。

これで、ひと安心した私は、木曜市に出かけ、あれこれ買物をする。無農薬のミルキークイーンに、香り米、そして栗をどっさり買い、送ってもらうことにした。

が、ここにはあまり近づかない方がいい屋台がある。そこでは、高知名物の芋天が売られているのだ。サツマイモの天ぷらという素朴なものであるが、お芋がいいのか、前回食べたらとてもおいしかった。が、これはダイエット中の私にとっては、口にしてはいけないものである。が、ついにおいに誘われ、ふらふらと、店の前に立ってしまった。

「ひと袋ください。ついでにじゃこ天も！」

なぜかお店の人は、私のことを知っていた。最近テレビに出ることはないので、私はまず声をかけられることはない。しかし高知の人は気づいてくれる。それはなぜか。街中に来月行なわれるエンジン01・オープンカレッジ高知大会のポスターが、いろんなところに貼られているからだ。龍馬に扮したデザイナーの浅葉克己さんの傍におりょう姿の私が椅子に座っている。テレビCMも流れているのだ。

「エンジン01、必ず行きますからね」

「がんばってくださいね」

と、芋天をもうひと袋サービスしてもらい嬉しかった。

そういえばオープンカレッジで披露するミュージカルも、決定稿が出来た。この配役がすごい。はっきりとは申し上げられないが、東京でこのメンバーを集めることはまず不可能であろう。

芋天をほおばりながら空を見ると、あくまでも青い土佐の空が拡がっている。見よ、台風が去った後の空が、いちばん綺麗じゃけんのう。

「日本の夜明けは近いぜよ」

なぜか、ミュージカルのセリフが、口をついて出てくる。そういえば、芋と芝居、どちらも昔から女の大好物とされているっけ。

……

新米の国会

「ハヤシさん、日本でいちばんうまいお米を送りますからねッ」

と、仕事で知り合った新潟県庁の人が言ったのは、おととしのこと。約束どおり、毎年魚沼産の新米が届くようになった。

そのおいしいことといったらない。私の今やっているダイエット法は、朝だけ炭水化物をいっぱい摂っていいことになっている。毎朝、炊きたての新米に、これまた貰いものの梅干しや塩辛をのっけて食べる幸せ……。おかずなど何もいらないぐらい、甘く深い味のお米だ。

そして昨日は、高知からカツオのたたきが送られてきた。

「ハヤシさん、日本でいちばんおいしいカツオを送りますからね」

玉ネギ、シソ、ニンニク、コウトウネギの薬味をたっぷり用意し、大皿に盛っていただく。そのおいしいことといったらない。私はそれまで、カツオのたたきがおいしいと一度も思ったことがなかった。スーパーで売っているものは、二切食べれば充分だ。しかし高知に行くようになり、本場のカツオを食べるたび、

「私が今まで食べてきたものは何だったのか！」

と、平凡であるがこの結論にいかざるを得ない。スーパーのものとまるっきり違うじゃないか。

さて、秋になった。日本中においしいものがひしめく季節である。来月松山に行くことになった。どこから行こうかなあと考える。

香川から入って、讃岐うどんツアーをしようか。それとも徳島から入り、吉野川の鮎を食べようかな。もちろんＪＡＬで。

ついこのあいだのこと、初めてＡＮＡカードを申し込んだ。考えてみると、日本のあちこちへ行く時、ＡＮＡの飛行機を使うことがほとんどなのに、ここのカードを持っていなかった。それどころか、ＡＮＡの国際線に乗ったのは、二年前が初めてである。誰が知っているわけでもないが、ＪＡＬに義理立てしていたのだ。

考えてみれば、私たちはどれほどＪＡＬにはお世話になっていたことか。バブルの頃は、デラックスな海外講演会に連れていっていただき、えらい先生方の前座にもかかわ

らず、そりゃあいい思いをさせていただいた。一時期は国内講演旅行のレギュラーのようなこともしていた。私が直接頼んだことはないが、取材旅行の際にはタイアップでチケットをかなりいただいていたはずだ。

全くマスコミの連中は、JALの方に足を向けて眠れないはず。それなのに今週刊誌なんかで叩いてひどいではないか。

多くの政治家の利権で、いくつもの鎖をかけられていたJAL。一時期、地方の大きな建設会社の娘は、望めばJALのスチュワーデスになれるというのは、有名な話であった。

小咄《こばなし》のようなものに、

「選挙があると、JALのスチュワーデスの器量がぐっと落ちる」

というのがあった。地方の政治家たちが、票田をまとめてくれた地元の有力者の娘たちを、一気に送り込んでくるからである。

そのJALの鶴の羽が、息もタエダエになっている。ならば今こそ恩返ししなくては女がすたる。たいしたことが出来るわけではないが、せめて飛行機に乗る時はJALと指定しよう。乗る前にはトイレへ行き、体を軽くし、機内販売もたくさん買う。これをみんながやれば、きっとJALは立ち直るはずだ、と私は信じているのである。あれだけサービスや技術を積み重ねてきたのに、他に譲り渡すのは絶対にやめた方がいい。

ＪＡＬといえば、今、空港問題が大きな騒ぎとなっている。私は、

「前原さん、ガンバって――」

と応援せずにはいられない。誰だって韓国、シンガポールのハブ空港へ行くたびに、そのにぎわいに驚き、

「日本も何とかしなきゃ」

と思ったはずである。

これまたＪＡＬに勤める友人に、こんなことを聞いたことがある。

「お昼に成田に到着した外国人が、夕方の便まで時間がある。ギンザとシンジュクに行きたいんだけど、どっちがいい？　なんて聞かれるたびにつらくなって。成田と都心の往復で、半日はゆうにかかりますよ、なんて言えないのよね」

千葉県知事は怒るし、財政とてどうなるかわからない。が、前原さんは極めてクールにことにあたっていらっしゃる。

「なかなかやるじゃん」

と、民主党には辛い私も、前原さんの前向きの姿勢には心を揺り動かされた。複雑な問題はいくつもあるだろうが、今まで誰もやらなかったことにチャレンジする姿勢は立派ではないか。

失敗は失敗と認め、いくらお金がかかってもいいからやり直す。こうしなければ、日

本は、誰にもかまわれない極東の小さな国になってしまうだろう。

前原さん、外見はおとなし気だけど、やることはやる。ただ傍にいる辻元清美さんがどうしても馴じめない。

そして、民主党の若い議員のはしゃぎぶりもひどいものだ。新入生歓迎キャンプそのままに、キャッキャッと騒いでいる。

私は選挙の結果について、

「いずれホームルーム国会になる」

と断言したが、テレビを見ているとそうなりつつあるのがわかる。そして級長は小沢一郎さんできまりだ。

研修会で、来ない議員を叱っていたが、あれはまさしく級長の貫禄。小沢さんから怒られた生徒たち、いや新人議員さんたちは、次の日ほぼ全員出席したそうだ。級長の威力は本当にすごい。が、

「だけどあの百五十人はいらないんじゃない」

と私。

「あのガキっぽい、新人議員、百五十人はいらないね。閣僚とその下の五十人で、充分国は動かせるよ」

「だけどハヤシさん、あの百五十人がいるから、議員さんたちはのびのび出来るんです

よ」

そうか、議員の数は、次のゲームに進むためのコインなのだ。

………おばさんの夜遊び

何年かぶりに、夜の歌舞伎町に出かけた。キャバクラというところを見学するためである。

半年ほど前、キャバクラ嬢たちの愛読誌で、この出版不況の中、大変な部数を誇る「小悪魔ａｇｅｈａ」の編集長と対談した。ご本人も〝時の人〟となるぐらい各メディアに引っ張りだこだ。

「一度ぜひａｇｅｈａのツアーというのをやってください」

と言ったところ、快諾いただいた。行きたい、という編集者の人たちと、ツアーを計画したが、生憎急用が出来てしまった。

「私は行かないけど、若い人たちと楽しくやってくださいね」

と伝えたのであるが、何とはなしに流れてしまった。

ところが一ケ月ほど前、ある文学賞のパーティーに出たところ、出版社の某社長が近寄ってきて、

「ａｇｅｈａツアー、僕も行くつもりで、すごく楽しみにしていたので、もう一回企画して」

ということ。さっそくみんなの予定を調整した。

そのキャバクラであるが、高級なところへ行くので、わりと料金は高いそうだ。

「ワリカン、ワリカンですよ。この出版不況の折、各自ワリカンで精算」

と、おばさんはこういうところまで気を遣うのである。

「小悪魔ａｇｅｈａ」編集長の中條さんによると、最近歌舞伎町も、めっきり淋しくなったという。人の流れが変わってしまったのだそうだ。

その日は中華で腹ごしらえした後、タクシーに分乗して、風林会館の前で待ち合わせをした。そして中條さんを先頭に、とあるビルの中に進んだ我々一行。

中條さんの顔で、席をちゃんととっといてもらった。入れ替わり立ち替わり、女の子が次々にやってくる。みんな可愛く、ものすごく細っこい。ドレスを着ているのであるが、骨などポキッと折れそうだ。

「今夜は何の集まりなんですか」

と彼女たちのひとりが聞く。そりゃあそうだろう、女性も四人いるし、何かヘンな雰

囲気をかもし出していたに違いない。

「今日はね、作家のハヤシマリコさんと見学会なの。ハヤシマリコさん、知ってる？」

「すいません、知りません」

ごく当然の返事があった。

「それじゃあ、K談社って知ってる」

「知らない」

「ほら、『V·i V·i』っていう雑誌出してるとこ」

「あ、その雑誌なら知ってます」

「S潮社は……」

「知りません」

そりゃそうだ。「週刊新潮」を読んでる二十歳の女の子はあまりいないであろう。

しかしそれにしても、若いって何ていいんだろう。お肌はピチピチだし、高く盛った髪もかわゆい。ラメキラキラの化粧も、若ければとても似合う。中には女優さんになってもいいぐらいの美女もいて、思わず見惚れてしまった。こういう美と若さに対して、男の人がお金を払うのはあたり前だ。

「まあ、あなたたち二十歳なの。若くていいわねー。まあ、やっぱり肌キレイねえ
……」

などと口走っていて、みなに、

「ハヤシさん、オヤジっぽい」

と言われた。いや、オヤジっぽさは充分自覚している。

突然話は変わるようであるが、今年私は某テレビドラマフェスティバルの審査員をした。先週授賞式があり、私はプレゼンターをつとめた。優秀なテレビドラマをつくった方々に、トロフィーを差し上げたのだ。たいてい年配のプロデューサーの方が受け取るのであるが、あるドラマだけは、人気絶頂の若手俳優の方が皆を代表して私の前に立った。その時、自分の顔が喜びのあまりいっきに崩れていくのがわかった。それよりも怖しいのは、右手が全く自然にスーッと伸びていったことだ。他の人にはしなかった握手を、そのイケメン俳優にだけはしっかり求めた私を見て、

「ハヤシさん、露骨すぎる」

という人さえいた。恥ずかしい。

が、私のオヤジ力《りょく》は、若い男性でなく、ふだんはもっぱら女の子に向けられていく。昔から私は、ぐっと年下の女の子においしいものを御馳走したり、こまごましたものを買ってあげるのが大好き。初めてフグを食べさせたり、京都に連れていってあげたりして、「わー、すごい」とか言ってもらうのが嬉しくて仕方ないのだ。

代々上京してくる親戚の女の子たちの世話をやいていたが、このたび真打ち、という

べき存在が私の前に出現した。関西の弟のところからやってきた姪っ子である。この子は将来、映像作家志望で、大学の勉強だけではもの足りず、シナリオ・センターに通い始めたそうだ。

「先生からいろんなものを見なさいって言われてるけど、チケット買うお金がなくて」

「まっかせなさい」

おばちゃんは胸を叩いた。いつもチケットは必ず二枚買い、若い人を連れていく私。これからは姪っ子のために一枚をあげよう。

まずクドカン芝居を見せ、初めてという歌舞伎にも連れていった。今度はオペラも誘ってやろう。

名作「若草物語」に、お金持ちのおばさんが出てくる。おばさんは、次女のジョーに、ちゃんと私のめんどうを見たら、いつかヨーロッパ旅行に連れていくと約束しているのだ。子どもの頃、こんなおばさんがいたらいいなあと憧れたけれども、私がこのおばさんになってあげよう、と心に決めたのである。その夜弟からお礼のメールがあり、返事をした。

「あのコ、頭いいし、好奇心いっぱいだからすごく教えがいがあるね」

という私の言葉を引用し、弟ときたら、

「わー、オヤジっぽい！」

おばさんは、ちょっとお金を持つとおじさんになる。これはあたり前のことだ。そう、中條さんが、「今度ホストクラブ行きましょう」と誘ってくれた。ぜひ行ってみたい。

………まったり、まったり

男性をたぶらかしては、次々と殺したのではないかと疑われている女性詐欺師。彼女の体重が、身長百六十センチにも満たないのに、六十五キロと聞いて驚いた。ヒェー、これはかなりのデブではないか！　最近、この事件ぐらい私の心につき刺さったものはない。

今まで悪女というのは、ほっそりとした美女がなるものだと思っていた。ある週刊誌には、彼女の実名と顔が載っていたが、決して美人ではない。たとえ太っていても、森公美子さんのような愛くるしい美女なら、あるいはこの業界一の有名編集者、中瀬さんのような知性と愛敬を持っていれば、モテモテなのはわかる。が、このレベルのデブでも、男の人が次々と寄ってくるとは……。驚きを通り越して怒りがわく。

「そんなら、今までの私の人生って何だったのかしら。こんな女でも、男がいっぱい寄ってきて、一億円も貢いでたのよッ」

おまけに、今日のワイドショーを見ていたら、亡くなった男性に対し、

「私にフラれたんで、勝手に自殺したんじゃないですか」

だと。こんなことは、美人にだけ許されるセリフでしょ？　なんか世の中、間違ってる、と口走ったら、

「ハヤシさん、あの女なんて、モテない男の間にだけ通用する、通貨みたいなものじゃないの。ハヤシさん、そういう通貨になりたいの」

と諭された。しかしなあ、街頭インタビューでも、この事件に関して男たちが答えているではないか。

「きっとやさしい女なんじゃないですか。男はやさしくされれば弱いですからねえ」

だって。私の知らない間に、こんなに世のハードルは低くなっていたのか……。私らの若い時は、モテたいと思ったら、そりゃあ苦労したものである。今は、細っこくておとなしくてやさしい男の子ばっかり。こっちが強気で攻めていけば、かなりの成果があがりそうである。

ところで昨夜、ある会食に出たら、有名な評論家の方がこんなことを言っていた。

「ハヤシさん、僕が海外の会議に出て、この頃よく言われることが二つあるんです。ひとつは鳩山政権が今後どうなるのか。日本がよく見えてこない、ということ。もうひと

つは日本人が見えない、っていうことですよ」

この意味がよくわからなかった。

「だってこの頃の若い人、海外に出ていかないでしょ。ヨーロッパでも、アメリカでも、旅してるのは中国人か韓国人ばかりですよ。昔は、僕が歩いてると、コンニチワ、って声をかけられたけど、この頃はニーハオ、ばっかりだもの。これじゃ今に国力が落ちていくと、海外の人に心配されてますよ」

その評論家の方はさらに続ける。

「旅行ばかりか留学もしない。僕はよく、海外の大学に行く学生に推薦状を書いてたんですが、この何年かは書いてないもの」

「まあ、そりゃ困りますよねぇ」

などとあいづちをうちながら、私もこの頃めっきり海外旅行が減ったなァ、と思い出していた。

まず成田へ行くまでが疲れる。あちらに着いたら着いたで、スーツケースをひっぱりながら、慣れない街を歩くことを考えると本当にうんざりするのだ。そんなことより、国内の温泉の高級旅館で、のんびりとすごした方がずっといい。そう「まったり」というやつだ。この「まったり」という言葉が流行り出したのは五年ぐらい前だろうか。今では小学生でさえよく使う。

若い人の雑誌を読んでいても、海外特集は確かに減った。それよりも温泉や、おいしい店めぐりの特集が目につく。

どうして若い人の海外渡航が減ったのか。十年で三十五パーセントも減少した、というのは、やはりすごい変化ではなかろうか。昔のことを思うと感慨深い。あの頃は、本も若者の行動を左右していた時代であった。

まず五木寛之さんの名著『青年は荒野をめざす』で、私より上の世代はどっと海を渡った。安くあげるために、ソ連の「バイカル丸」に乗り、シベリア経由でヨーロッパに入ったようだ。ちなみに私の友人で、初体験の相手が、パッカー旅行で知り合ったスウェーデン娘とかアメリカンガールというのは実に多い。昔の男性は、ごく自然に国際交流をしていたのである。そして次の世代が、沢木耕太郎さんの『深夜特急』に触発された人たち。この欄の担当者は、半年近くかけて世界を放浪し、大学を出るのに五年かかったそうである。しかし、ちゃんと入れてくれる会社があった。これまたいい時代だ。

それなのに今の若者は、旅に出ようとしない。なぜか。不景気のせいだという人もいるが、それを言うなら昔はもっと貧乏であった。やはりキーワードは「まったり」ではないだろうか。

そもそも島国の私たちは、英語を操ったり、他の国の人と交わるのは苦手だったはずだ。侵略と戦いの歴史を経てきた、他のアジアの人々とは、そもそもの根性が違う。しかし戦後の何十年か、私たちは頑張ってきた。高度成長と共にいやおうなしに「国際化」という言葉にお尻を叩かれてきた。

もっと世界の人たちと、バシバシ英語で対談出来るようにならなくてはダメ。日本人はアピールがヘタ。もっと目で主張しなくてはいけない。

アメリカの大学へ進んで、MBAぐらいとらなくては、これからは通用しない。

などと、どれぐらいせっつかれてきたか。

が、もうそんなに無理することはないんだよと、やさしく「まったり」とした気分が日本列島を包む。外国でしんどい思いしなくたって、国内で安い温泉がいくらでもあるよ。貧乏だっていいじゃん、ユニクロ着て、コンビニ弁当食べてれば、そこそこ暮らしていけるよ。いいの、いいの、外で苦労することないの。日本みんなでゆったり穏やかに暮らそうね。「まったり」とね。とまぁ、こんな感じはここしばらく続きそうである。

……… 本読みの日

今日は本当に感動した。プロのすごさを、まざまざと見せつけられたのである。

文化人の団体、エンジン01文化戦略会議高知大会が、今月の二十七日から行なわれることになった。企画委員長の秋元康さんが、その際こんなことを言ったのは既にお話ししたと思う。

「どうせ高知でオープンカレッジを開くんなら、龍馬を主人公にしたミュージカルをしようよ。うちは脚本家も、作詞家も、作曲家も会員に何人もいるんだからさ」

秋元さんは、後でこの発言をどれほど悔やんだことであろう。

「面白そう」

と、私たちは無責任に賛成して、話はどんどん進んでいったのである。が、これは脚本からして大変なことであった。売れっ子脚本家で会員である中園ミホさんがすごく立派な脚本を仕上げてくれたのであるが、幹事長の三枝成彰さんがＮＯを唱えた。

「シロウトが、こんな長いセリフ憶えられるはずはない。観客がシロウトの芝居を見てくれるのは、一時間十五分が限界だよ」

なんと忙しい中園さんが、五回も書き直してくれたのである。そして三枝幹事長はさらに言う。

「要所要所は、プロの芸能人にやってもらおう。そしてシロウトは、傍をちょこっとやればいいの」

ということで、会員の中のプロの歌手や俳優さんにお願いしたのであるが、みなさん、それはそれは忙しい方ばかりである。しかもタダの仕事であるから、本人は面白がってくれても、事務所やマネージャーがいい顔をしない。そこを何とか拝み倒し、豪華な配役となった。

この間、秋元さんはどれほど忙しかったことであろう。もっと歌を増やせ、この曲をつくり変えろ、とか勝手なことを言う人たちを相手に、十二曲のうち、なんと九曲の作詞をしてくれた。パリやカンヌに仕事で行っているところを電話であれこれ注文つけ、秋元さんは徹夜で詞を仕上げてくれたのである。当然のことながらすべてタダ仕事。国民的作詞家、巨匠をこのようにこき使っていいものであろうか。

が、総合プロデューサーとして、秋元さんは舞台監督や音声、振付とすべての外部スタッフを整えてくれ、いよいよ顔合わせ、本読みの日にこぎつけたのである。正直言って、この日が来るとは思ってなかった。秋元さんが、

「もう、やーめた。やっぱり無理」

と言ったとしても不思議はなかったし、誰も咎《とが》めなかったはずだ。それなのに一生懸命やってくれた秋元さん……。なんていい人なんだ！

当日、北新宿の新宿村スタジオに入っていったら、配役表を貼ったテーブルがきちんと並べられている。よく芸能ニュースで見る芝居の「顔合わせ」というやつではないか。これほど本格的にやるとは思わなかった私たちはみんな怯《ひる》んでしまった。

いちばん上座には、総合プロデューサー秋元さんと中園さんという大物が慣れたように座っていて、もうひれ伏したいような気分。私は主役の姿月《しづき》あさとさんの隣の席である。そこには、大きな太い字で「おりょう役、林真理子様」と書かれていた。女優になったような気分である。嬉しいが恥ずかしい……。

配役をざっと言うと、坂本龍馬は、元宝塚男役トップスター、姿月あさとさん、おりょうは私。勝海舟は茂木健一郎さん、桂小五郎は、東大の役所広司とうたわれる船曳建夫教授、千葉重太郎は浅葉克己さん、万次郎が和田秀樹さん、語り部は川島なお美さん、借金取りになお美さんのダンナさんのパティシエ鎧塚《よろいづか》俊彦さん、山本益博さん、龍馬を襲う暗殺団は、勝間和代さん、中井美穂さん、下村満子さんのトリオ、最後に独唱する

のは江原啓之さん。

スタッフだってびっくりしないでほしい。作詞は秋元さんの他に湯川れい子さんに白川文造さん。作曲は三枝成彰さん、池辺晋一郎さん、小六禮次郎さん、猿谷紀郎さん、千住明さん、西村朗さん。美術は日比野克彦さん、照明は海藤春樹さんという、日本を代表する方々だ。しつこいようだが、みんな会員なので、すべてノーギャラ。これだけのものが、ワンコイン五百円で見られるので、チケットは即完売だ。

そしていよいよ顔合わせの後、本読み開始。セリフの合い間に録音した音楽のデモテープを流す。脚本をさっき渡されたので、誰も全貌を知らないのだ。

M（ミュージック）1のテープの後、まず語り部の川島なお美さんが読み始める。

「夢みたいな話ばっかりする男じゃき……」

さすが女優さんだ。初見で感情を込めてもう自分のセリフにしているのである。私など緊張のあまり声が出ない。それにしても、隣りに座っている姿月さんの声のよく響いてカッコいいこと。龍馬の男っぽいセリフを口にすると、ぞくぞくするぐらいの色気が出てくるのだ。

そして最後は、みんなで合唱するエンディングテーマM18「土佐の海を見てるか」。秋元康作詞、三枝成彰作曲のあまりにも素晴らしい歌で、終わったとたんそこにいた人たち全員から大きな拍手が起こった。

「これならうまくいく」

と確信を持ったのである。ダイナミックで美しいこの曲を全員で歌う時、私たちはきっと歓喜の涙を流すに違いない。

つくづく思う。プロってなんてすごいんだ。これだけの短期間に、密度の濃い脚本、十二曲の詞と歌をつくり上げたのである。

私も負けてはいられない。姿月さんとのデュエットが二曲もあるのだ。姿月さんに失礼のないようにしなければ。

本読みの次の日、駅前のスーパーに向かった。ここの向かいのビルに、一枚の貼り紙を見つけたからだ。

「ヴォーカル教えます。個人レッスンもＯＫ」

本番まであと二十日。私も全力をあげて歌を憶えなくてはいけないのである。私はためらうことなく、そのドアを開けた。

………

油揚げの思い出

いよいよミュージカルの稽古が始まった。

もし生まれ変われるなら、女優になりたかった、と私ははっきり言おう。それくらい、お芝居に出たり、歌ったりするのが好きなのだ。幼い頃は、なぜか学芸会でいい役がついた。高校時代は、クラスの劇で主役になった。長じてからは、遠藤周作先生の素人劇団「樹座」に入れていただいたり、三枝成彰さん主宰のチャリティコンサートでアリアを歌ったことがある。

そんな私にとって、ミュージカル出演が楽しくないはずはない。毎日、新宿村スタジオに通っている。

新宿村スタジオは、実に不思議な建物だ。十年前、初めてここを訪れた時の驚きは、今もはっきりと憶えている。

それまで二十数年東京に住んでいて、「南新宿」や「西新宿」というところへは何度も行った。しかし「北新宿」という表示は、

「ウッソーでしょ」

と思った。そんな地名を見たことも聞いたこともなかったからだ。しかもその北新宿というところ、すぐそこが新宿駅だというのに、当時は全く開発されていなかった。昔私が住んでいたような、木造のボロアパートが点在していて、そのまわりを原っぱが囲んでいた。平らな土地だから「新宿村スタジオ」という看板がやたら目立つ。古い大きなビルは、一見廃屋のようにも見える。が、都内で有名な貸スタジオなのだ。といっても、わりとリーズナブルなところらしい。まわりを見ても、若い人たちがバレエや劇の練習をしている。スターが来るようなところではないようだ。大開発が行なわれている今でも、この建物だけは変わっていない。

さびついた外階段をのぼってスタジオに入る。スタジオに着くとスリッパに履きかえ、着物を着る。足袋も履いて稽古に備えるのだ。

やがて姿月あさとさんが入ってくる。信じられないほど小さな美しい顔と長い脚。髪を無造作に結び、ブーツを履くと、これだけで龍馬になってしまう。小道具の木刀で殺《た》陣《て》をしたり、ピストルをぶっぱなしたりする。そのカッコいいことといったらない。見惚れているうちに、やがて私の出番となる。

私は姿月さんと二曲、デュエットを歌うことになっているのだ。

湯川れい子さんが作詞した「恋の二重唱」は、それはそれは美しいメロディがついている。おりょう役の私が、龍馬役の姿月さんに、こう語りかけるように歌う。

「そんな、そんな私に惚れた？」

すると姿月さんが低い声で歌い出す。

「そうじゃ、そうじゃ、お前《まん》に惚れた……」

ここで私の頭の中は、バラ色の靄《もや》に占領される。これほど素敵な愛のささやきを聞いた女がいるだろうか。あまりの幸福に、気が遠くなりそうだ……。

「もう生身の男はいらない（来ないけど）」

私はまわりにそう宣言した。

「姿月さんほど美しい男が、この世にいるはずはないんだもん。私、今、本当に幸せだから何もいらない」

セリフとはいえ姿月さんが私の顔を見つめ、こう言ってくれるのだ。

「おりょう、俺がお前を守ってやるぜよ！」

なんだか涙が出てきそう。もう夢と現実の区別もつかないぐらい、心がふわふわととんでいく。王子さまっていうのは、こういう人のことなのね。

そして私のある日課が始まった。ヅカファンの友人に、このことを自慢するのである。

すると、相手は大層口惜しがるので、かなり嬉しい。

「ね、私たち熱狂的宝塚ファンの気持ちがわかったでしょう」

と言った友人にはふん、と鼻でせせら笑ってやった。

「あなたは客席で見てるだけでしょ。私はね、いわば姿月さん相手に、娘役を毎日演じているようなもんなのよ。興奮度がまるっきり違うわよッ」

そして四日前からは、もっと遠くの広いお稽古場でダンスの練習も始まった。シロウト役者たちが、忙しさを理由になかなか来ないのに比べ、姿月さんは必ず毎日このお稽古場にもいらっしゃる。そして各場面をみっちり練習する。

自分が動きを完璧にマスターすれば、皆を教えられるからというのだ。私の歌の歌唱指導もしてくださるし、本当に人柄も素晴らしい姿月さん。

「本当に恋したらどうしよう……」

とおばさんの心は千々に乱れ、つい可愛らしい声を出してしまう。

「あぶないところを、助けてくださってありがとうございました」

「龍馬さんったらー」

二十三歳の乙女の役だ。このくらい可愛くなくてどうするのだ。

そしてセリフを憶えつつ、歌のレッスンも始める私。スーパーへ行ったら、前のビルに、「ヴォーカル教えます。」という貼り紙があったことは既にお話ししたと思う。ハーフのとても綺麗な人に、個人レッスンをつけてもらっている。

「あなたは、とても滑舌《かつぜつ》が悪いわね」

「そーですかー」

「ほら、そのぶっきら棒ないい方、すべて母音で、もう一回言ってみて。オオエウア……」

「オオエウア……」

「じゃ、セリフをすべて、母音で発音してみて。これって劇団四季のやり方よ。口跡《こうせき》がすごくはっきりするの」

この頃、何か言うたびに、

「オンイイア（こんにちわ）」

と母音だけを使う私。ここで思い出した方もいるかもしれない。八年前、オペラのアリアを習っていた私は、芸大式イタリア語発音の仕方に夢中になった。Rを巻き舌にするため、

「油揚げ〜、油揚げ〜」

と叫び続けるのだ。昔からこんなことばっかりしている。あの時と同じように原稿は溜まりに溜まっている。

……

女優力

先週号で、

「新宿村スタジオには、スターさんはあまり行かない」

と書いたところ、たまたまお会いした東宝の方から、

「先日、森光子さんもそこでお稽古なさいました」

という情報を得た。そして対談でおめにかかった大竹しのぶさんも、

「今やってるミュージカルの歌の稽古も、あそこでしたよ」

ということ。失礼しました。しかしこの新旧二人の大女優が通っていらしたのは、同じ新宿村でも新館の方だ。私がそれまで行っていたのは、ボロっちい旧いビルの方。ここはトイレが少ないうえに和式で、お稽古の時は着物を着ている私は困る。よって出来るだけ行かないようにしていたぐらいだ。

が、昨日行った新館は、どこも綺麗でトイレも洋式であった。ここで姿月あさとさんとのダンスの練習が始まったのである。

このところミュージカルのことばかり書いて申しわけないが、今の生活はこれを中心にまわっているから仕方ない。夫からいくら、

「いい加減にしろ」

と怒鳴られても、夕方からは稽古場に通います。だって姿月さんとからむ、素敵なダンスを踊るのだ。

宝塚を見た人なら、誰でも憧れることであろう。そお、あの独特のデュエットダンス。向かい合って近づきながら、娘役の方はくるっとターン、まわりながら男役の胸の中になだれ込む。そしてゆっくり体をそらし、大きく腕を動かしてポーズ。二人見つめ合い、愛の歌が始まる。そしてもう一回ターンして、今度は男役が後ろから肩を抱き締めてくれて、もう一度二重唱……。

姿月さんは私よりずっと背が高いので、実にうまくリードしてくださる。

「ハヤシさん、いいですね。余計な動きをしなくてもいいですよ。私がみんなまわしてあげますから、身を任せてくださいね」

もうすっかり宝塚の娘役になりきる私。前にいる演出や音響の人たちが、くっくっと笑いをこらえているのがわかるが、それが何であろう。もうこうなったからには、とこ

とん楽しませていただきますッ。

「龍馬、そばにいてー！」

と大声を上げて、姿月さんに抱きついたりしちゃうんだから。

そして役になりきっているのは私だけではない。美しい娘おりょう（私のことですが）を襲おうとする借金取りの面々は、東大の教授だったり有名パティシエだったりするのであるが、本当にイヤらしい演技をする。みんな一生懸命にやればやるほど、なんかおかしいらしい。エンジン01の事務局の女性たちは、

「毎日抱腹絶倒ですよ。これだけ笑えるものも珍しいですよね」

などと失礼なことを言うが、これって誉め言葉なのかも。

素人劇団「樹座」を主宰していらした遠藤周作先生は、よくこうおっしゃっていた。

「素人が照れたり、恥ずかしがったりしてはいけない。ウケを狙おうなんてもってのほかだ。素人がドヘタなりに、とにかく必死に真面目に、一生懸命やる。それを見て初めてお客さんは笑ってくれるんだ」

今さらながら至言だと思う。

ところで、プロ中のプロともいえる俳優森繁久彌さんが先日亡くなられた。以前対談で一度おめにかかっただけであるが、残念でたまらない。本物のスターというのは、存在してくださっているだけで、世の中に安穏とか一筋の希望をもたらしてくれるが、そ

の大きな星がひとつ消えてしまったのだ。

森繁さんが過去に出演した映画が、いっぱいテレビに流れたが、あれについ注目する私。なぜならその作品のひとつに、当時関西で「名子役」とうたわれた少年が出ているからだ。今でいうとこども店長の加藤清史郎君のような人気と知名度があったらしい。そしてその子役こそ、現在の文藝春秋社長平尾氏である！　森繁さんと文藝春秋とは、深い因縁で結ばれていたのだ。

そして森繁さんがいらっしゃらなくなった後、巨星と呼ばれる人は森光子さんだけになった。

昨日、森さんが出ていらっしゃる「晩秋」という劇を見に行き、楽屋にどうぞ、というお招きを受けた。うかがったところ、バスローブ姿の森さんはお元気、なんてもんじゃない。相変わらず肌は綺麗で真白でピカピカしているし、お話もすごく面白かった。来年はまた「放浪記」をおやりになるそうだ。「晩秋」では、母親として素敵な役をされているが、戦後進駐軍相手の歌手をしていたフラッパーな感じがすごくよく出ていて、坂東三津五郎さんとの軽妙なやりとりにみんながどっとわく。

そして劇の最後にしみじみと、

「何万回も、お母さんと呼んでくれるのかい、いいねえ……」

というシーン。もうこれは森さんでなくては出来ない、深い深い味わいを持つセリフだ。

帰りを急いでいたら、明治座の観客たちは、

「森光子、若いねえー」

「やっぱり綺麗だったねー」

と口々に言っていたっけ。

女優さんというのは、やはりふつうの人間とは違う力を持っているような気がして仕方ない。大竹しのぶさんと会ってもそうだ。役をもらって別の人格を生きる。全く違う人生を体験していく。そのことによって、特殊な能力を得ていくのではなかろうか。いや、この能力があるからこそ、女優という仕事が出来るんだろう。

考えてみると、作家というのも同じようなことをしている。違う人格をつくり、違う人生を生み出す。が、それは紙の上という極めて小さな世界である。全身は使わない。だから女優（優れた演技者に限るが）に、いちばん憧れ、尊敬するのは女性作家ではないかと私は思う。

そして今朝起きると体のふしぶしが痛い。ダンスでものすごく無理な姿勢をとっているからであろう。ミュージカル女優になるには、まず体がついていけないことを実感した。

……… ダンスと革命

「仕分け作業」、連日見ていると何かつらくなってきますね。

初めて見た時、とっさに浮かんだ言葉が「公開処刑」であったが、みんな同じことを考えたらしい。この頃あちこちでよく見かける表現となった。そうだよなあ、今起こっていることは一種の革命だもんな。民主党というロベスピエールが、日本郵政の西川さんみたいな人の首をバシバシ切っている最中でもある。〃革命委員会〃が、過去を糾弾し、膿《うみ》を出そうとしているのは自然の流れであろう。

テレビで誰かがうまいことを言っていた。

「溜飲は下がるかもしれませんが、希望はないですね」

今日もノーベル賞科学者の方たちが、記者会見を開いていた。研究予算を大幅に削られるのは、日本の未来にとってとんでもないことらしい。私はこういう方面には詳しくないが、たぶんアメリカでは、ヒトケタ多い予算が、開発・研究のために計上されているはずだ。そういうことを、東大工学部卒、スタンフォード大で学位をおとりになった鳩山総理は、たぶんよーくご存知のはず。

今、革命の嵐は吹き荒れているが、稚拙でも清潔な政治を求めたのは国民である。多少のことは我慢すべきであろう。そもそも、清潔であるということは、残酷さを伴うということだ。〝革命委員会〟には耐えなくっちゃ。

さて、厳しい世の中とは別に、ミュージカルの稽古に励む私。今日はいよいよ衣装とカツラをつけて総稽古の日だ。江東区の、とある市民ホールのステージを借りて行われた。出演者はほぼ全員揃った。茂木健一郎さんは初参加で心配していたが、長いセリフをちゃんと憶えていらしてさすがだ。やはり脳の使い方が違うのであろう。

五時から総合プロデューサーの秋元康さんと、幹事長の三枝さんがやってきた。私たちに緊張が走る。この二人にミュージカルを見てもらうのは初めてなのだ。ヒドイ、って言われたらどうしよう。

二人は客席の最前列に座り、いろいろ注意を出していく。次第に真剣になっていくのがわかる。私は秋元さんから、

「マリコさん、龍馬の言葉に頷く時、もっと可愛らしく、処女《おぼこ》っぽくやってね」

と注意を受けた。脚本家の中園ミホさんからは、

「もっとブリブリして」

だと。うっ、五十代の私にはむずかしい注文です。が、もう何もかもかなぐり捨ててやりますよ。和田秀樹さんだって漫才師の役を、大阪人のDNAを駆使してやってるし、勝間和代さんも、刀を持ってダンスをしてる。

甲斐あってか、見終った後、秋元さんも三枝さんも満足気であった。

「ここまでみんなが、頑張ってるとは思わなかった。いやー、抱腹絶倒ってこういうことだね」

と、秋元さんは事務局のみんなと同じようなことを言う。

「それにしても、姿月さんの龍馬、めちゃくちゃカッコいいね」

と三枝さん。本当にカツラをつけ、袴をはいた姿月さんの凜々しさ美しさといったらない。これと較べたら、テレビの内野聖陽《まさあき》さんも、福山雅治さんも、メじゃないわ。

私はこの龍馬の手を取って歌う。

「龍馬～、愛してるわ～♬」

寺田屋のシーンでは、龍馬と手に手をとって客席まで走りまわる。そして龍馬は私に誓うの。

「これしきの傷、もっとお前《まん》を愛せっていうことじゃ……」

見つめ合う私たち。そうか、春、占い師でもある中園ミホさんが私に、

「ハヤシさんは、今年きっと危険な恋をするわ」

と断言したのは、こういうことだったのか……。そお、私は舞台の龍馬に完全に恋をして、心を奪われているのである！　姿月さん扮する龍馬に愛をささやく時、感動と喜びがこの身を貫く。そしてそれを声に出して歌にするの。ああ、幸福。意地悪な物書きのおばさんでも、こんな純粋な恋をするものなのね……。

と、姿月さんに抱かれて歌っている時の私は、恍惚とした表情をうかべているらしい。

「羨ましい」と、他の女性たちが口惜しそう。

「次からおりょう役は、オーディションにせよ」

という声も上がったが、私の今回の抜擢は、総合プロデューサーの秋元氏によるものである。おまけにいつのまにか「エンジン一座座長」という肩書きまでついている。最後に司会者が出てきてこう挨拶するのは、秋元さんのアイデアだ。

「次回の公演は、林真理子座長引退記念公演『ロミオとジュリエットと左甚五郎』でございます」

こういうのは、出鱈目《でたらめ》なほど面白いんだそうである。

こんな風に毎晩、お稽古に出かけるので、当然のことながら夫の機嫌は悪い。舞台上で不倫をしていることにも、気づいているのかもしれない。

「いいトシをして、全く何やってるんだ」

と、何度怒鳴られたことであろう。

ところで、秋元さんは眠る時間を削って、九曲のミュージカルナンバーの詞を書き上げてくれた。タダだったのに、もうこれでおわりにしようとは思わなかったようだ。凝り性のうえに心やさしきこの天才は、

「やっぱりアンコール曲がなきゃ」

と急きょつくってくれたのが、「ショーは続く」という、ブロードウェイ風の明るいダンスナンバー。私たちはみんな宝塚風の銀の鈴を持って登場だ。そして歌い踊る。

「ステージは、すべてを忘れて幸せになれる楽園〜♬」

そうね、家庭不和も、仕事がたまりにたまっていることも、革命もステージに立てばすべて忘れる。この詞って、私のためにつくってくれたのではと思ったほどだ。しかし私たちのミュージカルもこれが最後かも。民主党政権下では地方のイベントのお金はもう出ないらしい。ああ、革命よ、もっと私たちに歌と愛を！

……

まっことよかった

中園ミホさんからメールが来た。

「ミュージカルの余韻は抜けましたか？　私はいまだに三階席まで総立ちの光景を思い出してうっとりしています」

私の返信メール。

「私もそうです。が、いくら話してもまわりとの温度差は拡がるばかり。あの場にいた人でなくては、あの感動はわからないでしょう」

そう、四日前に例のミュージカルの本番が行なわれたのである。私は朝市で買ったオハギや鯖鮨の差し入れを手に楽屋入りをした。夕方の開演であるが、自由席なので朝の九時から行列が出来ているという。

東京から曲をつくってくださった作曲家の小六禮次郎さんと奥さまの倍賞千恵子さん、

猿谷紀郎さんといったVIPもぞくぞくとご到着。照明の海藤春樹さん、舞台装置の日比野克彦さんが最後のチェックに入った。私たちの緊張はいやがおうでも高まる。そこへ脚本担当の中園さんが顔を出し、

「今日ね、どうかミュージカルが成功するように、桂浜へ行って坂本龍馬の像に祈ってきたからね」

と有難いお言葉。

ところでプロのスタッフによって、お化粧してもらい、鬘《かつら》をつけてもらうと意外な姿が見えてくる。昔の時代劇スターのようにサマになっているのが、与太者役の有名パティシエで、川島なお美さんのご主人の鎧塚俊彦さんだ。この方は演技もものすごくうまくて、最後の締めくくりもすることになった。

「ストリップ小屋の司会者のように」

という秋元康プロデューサーの要望にも見事応えて皆を驚かせた。

「お菓子つくらせとくのはもったいないよ」

という声がしきりだ。ジャーナリストの下村満子さんは、大衆演劇風のお化粧をしたら、

「あの人にそっくりだよナー」

と井沢元彦さんが私にささやいた。そう、浅香光代さんに本当によく似ているのだ。

それ以来下村さんは、「浅香座長」と呼ばれるようになった。

そしていよいよ開幕五分前のブザーが鳴る。秋元康プロデューサーからのお言葉。

「皆さんが今日舞台に立つために、どれだけたくさんのプロが裏方で働いてくれたか忘れないでください」

本当にそのとおりです。私は皆に呼びかけた。座長っぽく、

「一本締めましょう」

その後、皆で円陣を組み、手を重ね、「オーシ!!」と声を出した。もう体育会のノリである。この後秋元さんは中園さんに言ったそうだ。

「今日、失敗して泣くコがいないようにしたいな……」

もう私たちって、ＡＫＢ48の女の子たちのように見えてきたのであろう。

私は舞台の袖でずっと見ていた。さすがは各分野で一流の人たちだ。本番にすごく強い。客席からはどっと笑いが起こる。そしていよいよ私の出番だ。小走りに前に進むと、温かい拍手が起こった。姿月さんとの愛のデュエットダンスで、宝塚風に体を思いきりそらせ手を大きくまわすと、おおーというどよめき。それは、

「このおばさん、ここまでするか……」

という驚きとちょっぴりの感嘆ではなかったろうか。心配していた歌も、お稽古の時よりもずっと声が出て大きな拍手をいただいた。

そしてエンディングテーマ、あの名曲「土佐の海を見てるか」が始まると、なんと途中からスタンディング・オベーションが起こった。いちばん前のお客さんなどは感動のあまりハンカチを目にあてているではないか。それを見たとたん私も泣いてしまった。忙しい座員たちが、夜な夜な新宿村スタジオに集まって一生懸命お稽古したことを思い出したのである。

驚いたことに、私の涙につられたわけでもないだろうが、客席のほとんどの人が泣き出し、人が言うところの「奇跡のステージ」の瞬間が起こったのである。

秋元康さんも泣き、中園さんも泣きじゃくった。後で楽屋に来てくれた編集者（三人ほど。このコラムの担当者も見てくれていました）も、目を真赤にしていた。彼らのまわりの観客たちも、みんな泣いていたそうである。○○と役者は三日やったらやめられない、と言うそうであるが、目の前でみんなが総立ちになって泣いてくれたら、気が遠くなるような感動と快感である。全く大人になって、これほど心が動かされたことがあるだろうか。ダブルアンコールでは、観客も一緒になり「土佐の海を見てるか」をもう一度歌い、大合唱となった。

三枝成彰さんも興奮して楽屋に戻るなり、

「もうこうなったら、全国巡業をする！」

と宣言し、私たちはわっと歓声をあげたのである。

とまあ、自慢話をいくらしても、あの夜あそこにいた人たち以外には伝わらないであろう。本当に舞台というのはイキモノで、どんなすごいことが起こっても、その夜のうちにどこかに逃げてしまう。劇場外に持ち帰ることは出来ない。

そして、あのミュージカルの成功は、高知で上演したことも大きかった。高知の人たちはまっこと熱いぜよ。四十二歳の熱血漢イケメン知事もいるし、食べ物とお酒のおいしさときたら日本一ではないかのう。何よりもお客が来たら、とことんもてなしてくれる風土には、もうまいりました、のひと言だ。ウェルカムパーティーは、各町から二十の屋台が出てご当地の名物を並べてくれた。打ち上げはマグロの解体ショーぜよ。期間中ＪＣ（青年会議所）や旅館組合の若い人たちがのべ五百人、ボランティアで出てくれていたが、みんなビシッとしていてすごく有能。そしてあったかい。これには何かと口うるさい会員たちも感激していたっけ。翌朝、みんな二日酔いでふらふらしながら帰りの飛行機に乗りこんで、言うことはひとつ。

「高知、まっこといいとこじゃった。また来るぜよ、必ず！」

………国民作家

高知の方から実に面白い話を聞いた。三十年くらい前まで、土佐の生んだ英雄といえば「板垣退助」で、「坂本龍馬」は、知る人ぞ知る、といった存在だったそうだ。それが司馬遼太郎さんの小説『竜馬がゆく』でいっきに変わった。坂本龍馬は今や「好きな歴史上の人物」で、どのアンケートでもベスト3に入る人気である。

一つの小説が、日本人の歴史観、英雄観をここまで変えてしまったのである。これは本当にすごいことではないだろうか。

今ドラマの「坂の上の雲」が大評判であるが、秋山兄弟も司馬さんが書かなかったら、ここまで知られることはなかった。

十月に松山を旅行したが、ここはまさに「坂の上の雲」一色であった。いたるところにポスターが貼ってある。「坂の上の雲ミュージアム」を見物した。窓から森と洋館が見える、とても素敵な建物であった。文字どおり坂を歩くように、ゆったりとしたスロープをあがっていく。安藤忠雄さんの設計だ。

道後温泉に泊まったところ、ここも「坂の上の雲」一色である。お土産物屋をぶらぶら見ていたら、そこの年配の女性に話しかけられた。

「ねえ、佐藤可士和《かしわ》さんって知ってる？」

「ええ、もちろん」

日本を代表する若手デザイナーに私も本を一冊装丁してもらったことあるし。

「ま、若い人は知ってても、ふつうの人はなかなか知らないのよッ」

おばさんなのに、よく知ってるわ、という意味で誉めてくれたらしい。

「このタオル、佐藤可士和のデザインなのよ。『坂の上の雲』タオル」

おばさんは天井を指さす。そこにブルーの地の細長いタオルがあった。白い雲がデザインされている。

「買わせていただきます……」

なぜかかしこまって言う私（ご本人に聞いたところ、佐藤さんはこのタオルとは関係なく、今治タオルプロジェクトには知恵を貸しているそうです）。

道後温泉の本館で、お湯につかったが、あまりにもシステマティックになり過ぎていて味気なかった。座るなり流れ作業で、お茶が出され、ああしろこうしろと指示される。

浴場が狭いのは昔のままだから仕方ないとして、照明が明る過ぎる。皓々《こうこう》とした電気に照らされて、知らない人とお風呂に入るというのは、かなり気恥ずかしいものである……。

話が脇道にそれたが、司馬遼太郎さんの筆の力というのはなんと偉大なのであろうか。有名人を多数輩出している松山であるが、今や秋山兄弟にもスポットがあたり、大変なブームになろうとしているのだ。

思えば来年は四国が大人気になる。龍馬ブームで高知が、坂の上ブームで松山がいろいろな場所で取り上げられるはずだ。どちらも司馬さんの作。国民作家というのは、こういう方を言うのだろう。

国民作家といえば、先日毎日出版文化賞の授賞式で山崎豊子先生にお目にかかる機会があった。お加減がちょっとお悪くて、車椅子でいらした先生であるが、スピーチが素晴らしかった。

戦争中、女学生の頃、学徒動員で行った工場でさぼってバルザックを読んでいたら、将校に平手打ちをされたそうだ。

「そのとき私の書く方向がはっきりと決まったのです」

と結ばれたお話は胸にしみ入るものがあり、客席はシーンとしてしまった。

帰りは私の担当者、文藝春秋のH氏と一緒だった。会場のホテルから、文藝春秋とは歩いて五分ほど。

「ハヤシさん、ちょっとサロンでお茶でも飲んでいってくださいよ」

「それじゃお邪魔します」

二人でコーヒーを飲みながら、先ほどの授賞式の話となる。

「山崎先生のスピーチ、すんばらしかったよねー。私、もう涙が出てきそうになっちゃったもの」

「本当に、会場にいた人たちも聞き入ってましたよね」

「ああいう作家が、国民作家と呼ばれて『運命の人』のようなものを書くのね」

ここまではよかったのであるが、「上から目線」発言で有名なH氏。こうのたまった。

「ま、ハヤシさんも頑張って、いつか国民作家と呼ばれるようになってくださいよ」

いつもながら、ちょっとこちらがむかつく言い方。が、悪気はないからと私は自分をなだめるの。

「国民作家なんて、私になれるわけないでしょ。才能が違う、気力が違う、根性が違う」

それよりもまず、生活態度が違うだろう。故人となった司馬さんにしても、山崎先生にしても、たぶん修行僧のようにストイックな生活をおくっておられるはずだ。膨大な資料と格闘し、多くの人々に取材し、ひたすら書き続ける生活であろう。くる日もくる日も、パソコンの画面、あるいは原稿用紙に向かう生活をしていらっしゃるだろう。

そこへいくと、私は現世に楽しみを求め過ぎる。ミュージカルのこともそうだし、いつも毎日どこかへ出かけていく。外で刺激的なことを見つけるのが大好きなのだ。おといまでは京都で遊んでたし、あさってからは香港に出かける。友だちは多いし、いつもじゃんじゃん誘いの電話やメールが入る。こんな私でも、必死で書いたり勉強したりすれば、今よりかなりマシな作家になれるかもしれない。私のスケジュールは、すぐに真黒になってしまう。とにかく、落ち着いて机に向かう時間が少ないのだ。

「いろいろ反省してます」

と私。が、反省しても国民作家になれるわけでもない。今自分が幸福に過ごすことよりも、将来読者が本当に幸せに暮らせるかどうかを考えるのが国民作家。一生かかっても私になれるはずがない。

……….

四十年ぶりの愛

今年ももう終わろうとしている。

まことにあわただしく、かつ充実した年であった。

人さまが見れば遊んでばっかりいるようであったろうが、レギュラーの仕事の他にちゃんと新聞の連載小説もこなした。この小説の主人公に、大学受験をさせたために、高校の教科書を何十年ぶりかに読んだりしたのもいい経験であった。そして何よりも今年の私を変えたのは、十四キロ痩せたダイエットである。この数年間、いろいろな方法を試していた私であるが、中年になったこともあり、体重はぴくりとも動かなくなってしまった。

「もうこうなったからには、デブで愉快なおばさん路線でいくしかない」

とまで決意した時に、一人の医師を紹介されたのである。その方は私の血液を徹底的に調べた結果、こう結論を下した。

「痩せなきゃいけない、というストレスで、心もカラダもガチガチです。これじゃ痩せっこないですよ」

そこでサプリメントをもらい、徹底した食事療法をしたところ、あれよ、あれよという間に体重は減っていったのである。この嬉しさは、おそらくスリムな人にはわかるまい。洋服を総とっかえするぐらい買い、他はサイズを直してもらった。

しかしハタケヤマだけは冷たくこう言い放つ。

「どうせまたリバウンドするんですから、そんなに直さない方がいいんじゃないですか」

が、私はフンと無視した。

「そんなことはないわよ。今度はお医者さんがついているんだから、二度と太るもんですか」

自分で言うのもナンであるが、痩せてキレイになったと、女性誌からひっぱりだこ。もちろんちゃんと媒体を選んで出ているが、もうじき出る「CREA」なんか見てほしい。まるで女優さんのように、カラーで美しいグラビア写真が、左右二ページ！　ちょっとしたスター並みだ。このインタビューの時、

「ハヤシさん、こんなにキレイになられて、ご主人は何て言ってるんですか」

という質問があり、そりゃそうだと夫に尋ねたところ、

「この二十年、太ったり、痩せたりしたのをさんざん見てきたから、今はたまたま痩せてる期間だなと思うだけ。別に嬉しくとも何ともない」

ということであった。全くこんな配偶者の下、少しでも美しくなりたいと向上心を持つ私はなんとえらいんだろう。しかし、やはり私は、自分の体の肥満体質をなめていたところがある。

今まで列車に乗ると、テツコの私は車窓を眺めながら「柿の種」を食すのを至福の時としていた。ダイエット中は我慢していたのであるが、ある時からこの習慣を復活させた。そして初冬の京都に遊びに行き、食べまくり、歌いまくった。その結果、なんと四日間で四キロ戻ってしまったのである！

泣いても泣ききれないとはこのことであろう。この年の瀬、忘年会のシーズンであるが、出来るだけお酒を飲まないようにしている。デブのまま年越しをしたくない。

そして今年のいちばん大きなイベントは、なんといっても高知で公演したミュージカルであった。今思い出しても魂が震《ふる》える日々……。姿月あさとさん扮する坂本龍馬を、本気で好きになってしまったのである。そしてミュージカルが終わった後も、この感情をもて余した純情なおばさん（私のこと）は、昔挫折した司馬遼太郎さんの『竜馬がゆく』を、全巻読みとおしたのである。その面白いことといったらない。そして小説中の

竜馬（司馬さんの小説では竜馬である）の、男らしさに心を震わせる。

竜馬が好きでたまらないおりょうは、ある夜、意を決して部屋を訪ねる。どうしても眠れないと訴えるのである。最初はめんどうくさそうにしていた竜馬であるが、女心を汲んでやってこう言う。

「抱いて寝かせてやる。入れ」

キャー、素敵！　私もさんざん舞台の上で姿月龍馬に言われたワ。

「お前《まん》を一生愛するぜよ」

「こっちへ来い。俺が守ってやるぜよ」

もう小説の中の竜馬が、姿月さんと重なり、胸がドキドキする。物語と現実の世界との見分けがつかなくなるくらい、夢ごこちの時間が続くのだ。過去に一回だけ、私はこれと全く同じ体験をしている。そう、十四歳の私はマーガレット・ミッチェルの名作『風と共に去りぬ』に感動し、その後映画も見たため、小説と映画の毒が全身にまわってしまったのである。レット・バトラーにどうしようもないほど恋焦がれて、日常がつらくて仕方ない。

毎朝、目が覚めると私は布団の中でほろほろと泣く。昨夜眠る前に想像した、スカーレット・オハラの世界、あれほど完璧に創り上げたものが、一瞬のうちに壊れてしまうからである。目に入ってくるのは、ふし穴だらけのわが家の天井である。

　私は南北戦争時代のアメリカに生きる美女ではない。山梨の田舎の、つまんないふつうの女の子だという現実は、どれほど私を打ちのめしたことであろう。本気で死にたくなった。

「ああ、いったいどうやったらドラマティックに生きていくことが出来るのだろうか。どうやったら物語の世界に入っていくことが出来るのだろうか」

　という激しい失望と情熱が、やがて私を物書きにした。あれとほとんど同じ感情を、なんと四十年後に味わうことになるとは。これは奇跡というものではなかろうか。

　あれ以来、司馬さんの本を読み漁っている私である。幕末ものと見ると、この頃やたら本を買っている。幕末に生きる男たちは本当にスケールが大きくカッコよい。そう、いつのまにか私は、流行の「歴女《れきじょ》」となったようなのである。テツコの私が歴女となったら、あとは旅が待っている。来年は日本国内、いろんなところに行くことになりそうだ。が、柿の種はもう食べないつもり。

文春文庫

いいんだか悪《わる》いんだか

定価はカバーに表示してあります

2013年３月10日　第１刷

著　者　林《はやし》　真《ま》理《り》子《こ》
発行者　羽鳥好之
発行所　株式会社　文藝春秋

東京都千代田区紀尾井町 3-23　〒102-8008
TEL 03・3265・1211
文藝春秋ホームページ　http://www.bunshun.co.jp

落丁、乱丁本は、お手数ですが小社製作部宛お送り下さい。送料小社負担でお取替致します。

印刷・凸版印刷　製本・加藤製本

Printed in Japan
ISBN978-4-16-747641-0